世界经典文库

世界二十大名著

图文珍藏版

用寓言形式讲述人生道理 以动物为喻影射是非曲直

伊索寓言

第十八册

[古希腊] 伊索⊙著

马博⊙主编 张斌⊙译

世畔名篿

线装书局

图书在版编目（CIP）数据

伊索寓言 /（古希腊）伊索著；马博主编. -- 北京:
线装书局, 2016.1（2021.6）
　（世界二十大名著）
　ISBN 978-7-5120-2006-1

　Ⅰ.①伊… Ⅱ.①伊… ②马… Ⅲ.①寓言－作品集
－古希腊 Ⅳ.①I545.74

　中国版本图书馆CIP数据核字(2015)第258802号

伊索寓言

作　　者：	［古希腊］伊　索
主　　编：	马　博
责任编辑：	高晓彬
出版发行：	线装书局

地　址：北京市丰台区方庄日月天地大厦B座17层（100078）

电　话：010-58077126（发行部）010-58076938（总编室）

网　址：www.zgxzsj.com

经　　销：	新华书店
印　　制：	北京彩虹伟业印刷有限公司
开　　本：	710mm×1040mm　1/16
印　　张：	15
字　　数：	180千字
版　　次：	2021年6月第1版第2次印刷
印　　数：	3001 - 9000套

线装书局官方微信

定　　价：4980.00元（全二十册）

目　录

世界经典文库

世界二十大名著

目录

图文珍藏版

3

世界经典文库

世界二十大名著

目录

图文珍藏版

世界经典文库

世界二十大名著

目录

图文珍藏版

世界经典文库

世界二十大名著

目录

图文珍藏版

7

世界经典文库

世界二十大名著

目录

图文珍藏版

世界经典文库

世界二十大名著

目录

图文珍藏版

世界经典文库

世界二十大名著

目录

图文珍藏版

图文珍藏版

世界经典文库

世界二十大名著

目录

图文珍藏版

导 读

　　伊索,弗里吉亚人,伊索是公元前6世纪古希腊著名的寓言家,他与克雷洛夫、拉·封丹和莱辛并称世界四大寓言家。他曾是萨摩斯岛雅德蒙家的奴隶,曾被转卖多次,但因知识渊博,聪颖过人,最后获得自由。据希罗多德记载,他因得罪当时的教会,被推下悬崖而死,死后德尔菲流行瘟疫,德尔菲人出钱赔偿他的生命,这笔钱被老雅德蒙的同名孙子领去。传说雅德蒙给他自由以后,他经常出入吕底亚国王克洛伊索斯的宫廷,另外还传说,庇士特拉妥统治期间,他曾到雅典访问,对雅典人讲了《请求派王的青蛙》这个寓言,劝阻他们不要用别人替换庇士特拉妥。13世纪发现的一部《伊索传》的抄本中,他被描绘得丑陋不堪,从这部传记产生了很多有关他的故事;公元前5世纪末,"伊索"这个名字已为希腊人所熟知,希腊寓言开始都归在他的名下。得墨特里奥斯(公元前345~公元前283)编辑了希腊第一部寓言集(已佚);1世纪和2世纪,费德鲁斯和巴布里乌斯分别用拉丁文和希腊文写成两部诗体的伊索寓言。现在常见的《伊索寓言传》是后人根据拜占庭僧侣普拉努得斯搜集的寓言以及后来陆陆续续发现的古希腊寓言传抄本编订的。

　　《伊索寓言》这本世界上最古老的寓言集,篇幅短小,形式不拘,浅显的小故事中常常闪耀着智慧的光芒,爆发出机智的火花,蕴涵着深刻的寓意。它不仅是向少年儿童灌输善恶美丑观念的启蒙教材,而且是一本生活的教科书,对后世产生了很大的影响。在欧洲文学史上,它为寓言创作奠定了基础,世界各国的文学作品甚至政治著作中,也常常引用《伊索寓言》,或作为说理论证时的比喻,或作为抨击与讽刺的武器。此书中的精华部分,至今仍有积极的现实意义。在欧洲寓言发展史上,古希腊寓言占有重要的地位,它开创了欧洲寓言发展的先河,并且影响到其后欧洲寓言发展的全过程,寓言本是一种民间口头创作,反映的主要是人们的生活智慧,包括社会活动、生产劳动和日常生活等方面。现传的《伊索寓言》根据各种传世抄本编集而成,包括寓言300多则,其中有些寓言脍炙人口。《伊索寓言》中的动物除了有些动物外,一般尚无固定的性格特征,例如狐狸、狼等,有时被赋予反面性格,有时则受到肯定,这与后代寓言形成的基本定型的性格特征是不一样的。

狐狸和葡萄

对于一只饥肠辘辘的狐狸来讲，首先考虑的就是填饱肚子的问题，即便是一丁点仅够填塞牙缝的食物也不错。

就在它饿得两眼昏花之时，一片长满了熟透了葡萄的葡萄林跃入了狐狸的眼中，狐狸马上垂涎欲滴，馋得想一口就吞下全部的葡萄。但葡萄架实在太高了，即便狐狸用尽所有力气也跳不了那么高。唯有眼巴巴地看着那一串串沁人心脾、晶莹剔透的葡萄而束手无策。

心灰意冷之余，饿肚子的狐狸只好悻悻地走开，"哼，一定没熟、绝对是酸的，还好我没吃……"狐狸边走边以一种庆幸的口吻说。

的确，人对于自己心有余而力不足的事，习惯加以诽谤和谣言中伤他人来自我安抚的，用这样的方法来表明并不是自己的失误。这的确是人类一种深深的悲哀。

狼和鹭鸶

假使一块骨头一直呆在肚子里而不消化的话，那不管对谁来说，都是非常难受的。恰好一只狼就非常不小心地遇到了如此的问题，这只能怨他那天进餐时胃口太好了。

狼于是到处找医生看病,以便能赶紧地把那块叫人厌恶的骨头给处理掉。碰巧的是他遇见了鹭鸶,对于狼而言的确是一件好事。在利益的引诱下,鹭鸶欣然接受了狼的要求,把那块叫狼痛苦已久的骨头取出来。于是鹭鸶非常老练的把头伸进狼的口中如同叼鱼一般的拿出了那块骨头。接着非常小心地跟一脸轻松的狼要之前谈好的报酬。狼很吃惊地听完鹭鸶的要求。接着说:

"什么?报酬?你见过谁落入我口中后依旧能够毫发未损的?你今天竟然做到了,除非你还想再做一次,我的朋友?你该知足的了。"

绝对不能相信坏人的承诺,这是任何人都明白的道理,可我们面临引诱的时候,我们可以做得到吗?

小男孩与蝎子

某天,一个小男孩在城墙前兴高采烈地捉蚱蜢,没多久就抓了不少。突然一只蝎子出现在他面前，他没有弄明白以为也是蚱蜢，就上前去抓他。蝎子竖起他的毒刺，凶巴巴地说："来吧，假使你敢捉我，非但你的手会受到损失，就连你捉到手的蚱蜢也会全部失掉。"

这故事告诉我们，千万要搞明白好人和恶人，并采取不一样的态度与方式分别对待他们。

落入井里的狐狸和公山羊

一只狐狸没注意失足掉到了井里，不管他怎么努力挣扎也没法子爬出来，只能呆在井里，心急如焚地等待时机。就在这会儿一只公山羊觉得口非常渴，连忙来到井边，却看见一只狐狸在井里，就问他："井水好喝吗？"狐狸觉得机会来了，心里非常高兴，他沉着地极力称赞井水，说此水是天下第一水，清爽甘冽，劝山羊马上下来，和他一块痛饮。十分想喝水的山羊以为是真的，没有丝毫犹豫地跳了进去，当他咕咚咕咚痛饮完后才发觉已陷入困境，于是就与狐狸一块琢磨上井的方法。成竹在胸的狐狸，狡诈地说："我倒有一个方法。你用前脚扒在井墙上，再竖直角，我从你后背跳上井去后，再拉你上去，我们就全能上去了。"这只公山羊不假思索就同意了他的意见。于是，狐狸踩着他的后脚，跳到他背上，接着又从角上用力一跃，跳出了井口。狐狸上去以后，转身打算自己走开。公山羊气愤地斥责狐狸不守诺言。狐狸回过头和公山羊说："喂，朋友，假使你的头脑就和你的胡须一般完美，你何至于在没看明白出口之前就盲目地跳下去。"

这故事说明,智者应该事先考虑明白事情的结果,而后再去做它 。

寡妇与母鸡

从前有个寡妇养着一只母鸡,母鸡每天都要下一个蛋。她认为给鸡多喂些粮食,鸡就可以每天下两个蛋。于是,她就每天给鸡多喂些粮食,最后母鸡越长越肥,每天连一个蛋也下不了了。

这故事告诉我们,有的人因为爱占小便宜,想得更多的利益,结果连本有的都失去了。

农夫和毛驴

有一个年老的农夫一直住在乡下,从来没进过城,他要求家人带他进城去看看。家人就让他坐在两头毛驴拉的车上,并对他说:"只要你赶着毛驴,它们就会把你给送到城里。"走到半路上,突然刮起一场风暴,天昏地暗,毛驴迷了路,走到了悬崖边上。老人眼看非常危险,就说:"宙斯啊!我并没有冒犯过你呀!如果你要罚我摔死,为什么不让我死在光荣的马或高贵的骡子手下,却要我死在这个小毛驴的手下!"

这个故事是说,死就要死得光荣、壮烈。

还不了愿的人

从前,有个穷人生了病,病情越来越严重,医生们都说没有一丝希望了。但是他仍对众神祷告,要是他的病能好,一定献上一百个牛头作为祭品,还要献匾给庙里。站在他旁边的妻子问:"这笔钱从哪来呀?"那人答道:"你认为神是为了钱向我要这些东西,才肯医治好我的病吗?"

这个故事是说明,信口许愿的人往往是无法还愿的。

杀人凶手

一个杀人犯,被受害者的亲人们穷追猛赶,逃到了尼罗河边时,迎头碰见一条狼,他惊恐万分地爬到河边的一棵树上,躲在上面。但是他又发现树上有一条大蛇正朝他爬来,他吓得跳到了河里。在河里有一条鳄鱼,正在等着他,就把他吃了。

这个故事是说明,对于那些有罪的恶人,无论是在地上,在空中或是在水里,都不会感到安全的。

农夫与命运女神

有一个农夫在耕地时,发现了一块金子,认为这一定是土地女神所赐予的。于是,他每天都给土地的女神祭奉。命运女神来到他的面前,说:"喂,朋友,那块金子是我送给你的发财礼物,你为什么把它看作是土地女神的恩惠呢?如果时运不同,这块金子也许会落到别人的手里,那时候你一定又要埋怨我命运女神了。"

这个故事是说明,人应当认清恩人,报答他的恩惠。

狡猾的人

有一个狡猾的人和另一个人打赌,约定要向他证明德尔斐的神示并非是真的。到了约定日时,他手里拿了一只小麻雀,并把它藏在外衣里。他走到庙里,站在神的前面,问神他手中拿着的东西是活的还是死的。他想,如果神说是死的,他就把活麻雀拿出来;假如神说是活的,他就捏死麻雀,再拿出来。神识破了他卑鄙的诡计,说道:"小伙了,收起你那一套吧!你手里的东西,是死是活,还不是在你!"

这个故事是说明,神是不能亵渎的。

农夫和狐狸

有个心肠很坏的农夫非常嫉妒邻居农田里的庄稼长得好,一心想要毁掉这些庄稼。于是,有一天,他趁着捉狐狸的机会,偷偷地把烧燃的木柴放在邻居的地里。恰好路过此地的狐狸拿起那块木柴,按照神明的指示,把它扔到这个农夫的地里,把他的庄稼烧得精光。

这就是说,害人必害己,神绝对不会放走任何一个坏人。

农夫和树

从前,有一个农夫的田里有一棵树,这棵树长得并不粗壮,只能作为那些麻雀和吵闹的蝉的栖息地。农夫觉得这棵树并没有什么大用处,想把它砍掉就拿起斧头,朝树身上砍了一下。那些蝉和麻雀请求农夫不要砍倒他们的家,允许树生长在田地里,他们会在树上为他歌唱,令他高兴。农夫没有理睬他们,接着又砍了第二斧和第三斧,直到树上砍出了一个洞。这时,他突然发现树洞里有蜜蜂窝和蜜,他尝了尝蜜后,赶忙抛下斧头,不但没有再砍伐,而且对这棵树加以小心保护。

这个故事是说,重利轻义是某些人的本性。

小猪与羊群

有一头小猪混进了羊群里,和羊一起吃食料。不久,便被牧人发现了,把他捉住了,他竭力嚎叫,还拼命挣扎。羊群指责他大喊大叫,说:"我们常常被牧人捉,可从来不会这样大喊大叫。"小猪对他们说:"我被捉与你们被捉是两件不同的事,捉你们仅仅是为了毛或奶,捉我却是为了吃我的肉呀。"

这个故事是说明,真正的危险不是关系到钱财,而是关系生命。

猎狗与野兔

一天,猎狗抓住了一只野兔,一会儿咬他,一会儿舔他的嘴唇,不断地作弄他。野兔竭力抗拒,并且对猎狗说:"喂,你这个家伙,请你不要这样又咬又亲,因为这会儿我难以判断,你究竟是我的敌人,还是朋友。"

这个故事讽刺了那些态度暧昧的人。

小孩与栗子

一个小孩把手伸进装满栗子的瓶中,他想尽可能地抓上一大把。但是当他想要伸出手来时,手却被瓶口给卡住了。他不愿放弃一部分栗子,因此不能拿出手来,只好痛哭流涕。一个行人对他说:"你还是知足点儿吧,只要少拿一半,你的手就能很容易地拿出来了。"

这说明人不要贪多,一定要知足。

小山羊与吹箫的狼

一只小山羊落在羊群的后面,被狼所追赶。他回过头来,对狼说:"狼啊,我知道我将会成为你口中之食,请你不要让我默默无闻而死吧,请你吹箫,我来跳一回舞吧。"于是,狼吹着箫,小山羊跳起舞来,狗听到后跑过来追赶狼。狼回过头来对小山羊说:"我真活该,我本来是拿屠刀的,不应该学着吹箫呀。"

这个故事是说,有些人不守本分,结果往往会失败。

青蛙庸医

一只青蛙从潮湿的洼地里蹦了出来,对所有的野兽大声宣布:"我是一位医术高明、能治百病、博学多才的医生!"一只狐狸问他:"你连自己跛足的姿势和起皱的皮肤都无法治愈,怎么还吹牛说能给别人治病呢?"

这个故事是说要想判断人们的知识和才能需要听直言,观直行,不要被他的花言巧语所迷惑。

蚂蚁与鸽子

一只蚂蚁口渴了,爬到泉水旁去喝水,不幸被急流冲走。快要被淹死的时候,鸽子看到了,赶忙折断一根树枝,扔到水里,蚂蚁赶紧爬了上来,脱离了危险。后来,有一个捕鸟人走过来,用粘竿捕捉那只鸽子。蚂蚁看到了,就咬了捕鸟人的脚一口。捕鸟人痛得丢下了粘竿,鸽子马上被惊跑了。

这个故事说明,人们应该知恩图报。

披着狮皮的驴

驴子披着狮子的皮,到处走动,去吓唬别的动物。动物们都以为他真的是狮子,吓得四处逃跑。突然一阵风刮来,把驴子身上披着的狮皮给吹走了,驴子原形毕露。这时,动物们一见到他就都跑回来,用木板和棍棒狠狠地打了他一顿。

这个故事说明,那些狐假虎威,仗势欺人的人必将遭到世人痛恨,自取灭亡。

马、牛、狗与人

宙斯创造了人,但没给人长寿,却给了人聪明与才智。在冬天,人为自己建造好了房屋,舒适地住在里面。有一天,天气异常地寒冷,还下着雨,马冻得再无法忍受了,就跑到人那里,请求人让它住在屋内避寒。人说除非马同意把它的部分寿命送给人,否则就不允许它进门。马高兴地答应了。没过多长时间,牛也忍受不了寒冬,跑来找人。那个人同样地说,除非牛能够把部分寿命送给人,不然就不肯收留它。牛在献出了部分寿命之后,也被收留下来。最后,狗冻得几乎就要死了,也跑来把自己的部分寿命送给人,得到一个住处。这样,人在宙斯所给的年岁内,纯洁而善良;到了马给的年岁,就开始吹牛说大话,自命不凡;到了牛给的年岁,开始干事业;而到狗给的年岁,就很容易发脾气,动不动就大吵大闹。

这个故事适用于那些爱发脾气的固执的老人。

马与兵

战争年间,一个士兵用大麦精心地喂养他的马。但是当战争一结束,那匹马就被拉去服苦役,搬运那些沉重的货物。后来当战火重燃,军号再次吹响了,主人备好马鞍,全副武装骑着马去迎敌。这时,马却变得毫无力气,不断摔倒,他对自己的主人说:"你还是尽快再去找一匹战马吧。因为你已经把我变成了一头驴子,又怎么还能把我当作战马骑呢?"

这就是说,和平、舒适的日子里不能忘记了灾难。

大树和芦苇

有一天,狂风把大树给刮断了。大树看见弱小的芦苇没有受到一点损伤,就问芦苇,为什么像我这么粗壮都被风刮断了,而那么纤细、软弱的你却什么事也没有呢?芦苇回答说:"我们感觉到自己的软弱无力,就低下头给风让路,避免了狂风的冲击;而你们却倚仗着自己的粗壮有力,拼命抵抗,结果就会被狂风刮断了。"

这个故事是说,当遇到风险时,退让也许比硬顶更为安全。

核桃树

从前,有一棵核桃树生长在路旁,结了很多核桃,路过的人们都拿石头去打树上的果实。核桃树暗自叹息,自言自语地说:"我真倒霉,每年我给人们带来了果实却为自己招来了许多侮辱与苦恼。"

这个故事是说那些因为自己行善而吃苦的人们。

河里拉屎的骆驼

有一匹骆驼在渡过湍急的河时,往河中拉屎,他看到那粪便一下子就被急流的河水冲到了他的前面。他说:"为什么我看见刚才还在我后面的却一下到了我的前面?"这个故事是说,那么愚昧无知的人只能看到现象却无法理解原因。

蔷薇与鸡冠花

蔷薇和鸡冠花生长在一起。有一天,鸡冠花跟蔷薇说:"你是世界上最漂亮的花朵,神和人们都那么喜爱你,我真羡慕你有这样漂亮的颜色和芬芳的香味。"蔷薇回答说:"鸡冠花啊,我仅仅是昙花一现,即使人们不去采摘,不久也会凋零的,而你却是永久开着花,青春永驻。"

这就是说,事物各有所长,也各有所短,无须羡慕别人有你所没有的东西,因为你也有别人所没有的东西。

骆驼、象、猴子

从前,无知的动物们要选举国王,骆驼和象也积极去参加竞选,一个身材高大,一个力大超群,他们都希望能够战胜别人而当选。然而,猴子却认为他们俩都不适合,他说:"骆驼一贯温顺,对于那些做坏事的动物也不生气;而象总是害怕那些小猪,一点儿也不像国王。"

这个故事是说明,有很多人都是因小失大。

狮子和他的三个顾问

狮子把羊给叫来,问他能不能闻到从自己嘴里发出的臭味。羊说:"能闻到。"狮子就咬掉了这个傻瓜蛋的头。接着,他又把狼召来,用同样的问题问狼。狼说:"闻不到。"狮子把这个阿谀奉承的家伙给咬得鲜血淋漓。到后来,狐狸也被召来了,狮子问他同样的问题,狐狸看了看周围的情形,说:"大王,我患了感冒,什么味也闻不到。"

这个故事是说,模棱两可,暧昧含糊可以让人抓不着把柄。

黑人

有人买了一个黑奴,以为他的肤色是因为原来的主人的大意而造成的,带回家后,用许多肥皂和水想要把他给洗干净。可是黑奴肤色丝毫没有起一点变化,他自己却因为辛苦而大病一场。

这个故事说明,生来就有的东西会始终保留着原始的样子。

渔夫与金枪鱼

渔夫们出去捕鱼,辛苦劳累了很久,但一无所获。他们就垂头丧气地坐在船里。这时候,有一条金枪鱼被人追赶,刷刷地逃游过来,恰好跳到了他们的船里。渔夫于是将它捉住,拿到市场上卖了。

同样,往往依靠技术得不到的,却可以凭借碰运气得到。

狐狸和豹

狐狸和豹互相为吹嘘自己的美貌而争吵不休。豹总是夸耀他身上五颜六色的斑点,狐狸却说:"我要比你美丽得多,我的美并不体现在表面,而是灵活的大脑。"

这个故事是说明,智慧的美远胜于形体之美。

猴子与渔夫

有只猴子坐在一棵大树上,看见渔夫在河里撒网,就仔细地观察他们的动作。一会儿,渔夫们收起了网,吃饭去了。猴子就连忙从树上爬下来,想要去模仿渔夫捕鱼。但他一拿起网,反而把自己套住了,差一点被淹死。猴子自言自语地说:"我真是活该!我没有学会怎么撒网,还抓什么鱼呢?"

这个故事是说明,不要不假思索地去模仿不适合自己的行为。

鹰与屎壳郎

鹰正在奋力追逐一只兔子。兔子一时无处求助,只好拼命地奔跑。这时,刚好看见一只屎壳郎,兔子就向他求救。屎壳郎一边安慰兔子,一边向鹰恳求不要抓走那只向他求救的兔子。而鹰却没有把小小的屎壳郎给放在眼里,还是在他的眼前把兔子给吃掉了。屎壳郎极为遗憾,深感自己受到了侮辱。从此以后,他就不断地盯着鹰巢,只要是鹰生了蛋,他就高高地飞上去,把鹰蛋给滚下来,将它摔得粉碎。鹰到处躲避,后来竟然飞到宙斯那里去,请求给她一个安全的地方生儿育女。宙斯容许她在自己的膝上来生。屎壳郎知道后,就滚了一个大粪团,高高地飞到宙斯的上面,把它扔到他膝上。宙斯立刻起身抖落粪团,无意中把鹰的蛋都砸了下来。据说自打那以后,屎壳郎出现的时节,鹰就不孵化小鹰。

这个故事告诉人们,不要看不起任何人,因为没有人弱小到连自己受了侮辱都无法报复。

白发男人与他的情人们

一个头发斑白的男人有两个情人,一个年轻,一个年老。那个年老的女人认为,与比自己年轻的男人交往,怕被别人取笑,只要他来找她,就得不断地把他的黑头发给拔掉。那个年轻的为了隐瞒她有了一个年老情人,又不断地拔去他的那些白头发。这样,两人轮流地拔,终于他变成了秃头。

这故事是说,不相配的事总是有害的。

寒鸦与乌鸦

从前,有一只寒鸦他的身体特别地强壮,和其他的寒鸦相比,他要大得多。于是,他就瞧不起自己的同伴,自以为是地跑到乌鸦那里,想和他们一起生活。乌鸦们很快从他的形状和声音中辨认出他是寒鸦,并一齐啄赶他,把他给驱逐出来。被乌鸦们赶出来后,他又只好回到寒鸦那里。然而那些曾受到他的侮辱的寒鸦们十分愤慨,都不同意收留他。结果,这只寒鸦就变得无家可归了。

这个故事是说,那些看不起自己的亲人和同伴的人,既不会受到外人的欢迎,又会被同胞们所不齿。

橄榄树和无花果树

冬天,橄榄树嘲笑无花果树说:"我一年四季常青,永远漂亮,而你的树叶每到冬天都会凋落,只有在夏天时才美丽。"正当他夸夸其谈时,天空突然下起了大雪,雪花大片大片的漂下来。雪花都压在枝繁叶茂的橄槐树上,没一会儿就把他压垮了,美丽也随之消失了。而光秃秃的无花果树,却一点也没被雪伤害。

这是说,有时候美丽外表会给人们带来危害。

冬天与春天

冬天总是讥笑春天,专挑春天的毛病,并指责他说,只要春天来到,人们就不会安静下来,有的走进原野山林观赏风景,高兴地把鲜花插在头上;有的乘船远航,漂洋过海到别的国家游玩,一点都不担心什么狂风暴雨。然后又说:"我却就像一个威严的帝王,我对天发令,让人们害怕狂风暴雨和大雪;我对地发令,让人们害怕天寒地冻;我强迫人们老老实实地只呆在家里度日。"春天说道:

"正因为这样，人们希望尽快地告别冬天。人们认为我的名字就是美丽。宙斯也说，春天是所有名字中最美的。因此，人们总是盼望春天的来到。"

这是说，威猛强悍只能使人产生反感，和煦温馨却使人向往。

强盗与桑树

强盗在路上杀死了一个人，因此，人们都在追赶他。他带着一身血迹逃跑。迎面而来的行人问他，双手为什么这么红呀，他说自己刚才从桑树上爬下来。正说到这里，那些在后面追赶的人来了，把他抓住了，吊死在桑树上。那桑树对他说："我非常高兴帮助人们处死你，因为你杀了人，却把事情赖到我身上。"

当被别人毁谤为恶人的时候，有些本性善良的人，也往往会毫不犹豫地进行反击。

百灵鸟葬父

据古时候的传说，百灵鸟生于地球还未出现之前。她父亲得了一场大病死了，因当时还没有地球，她根本找不到地方为父亲做坟墓。停丧五天后，她心中慌乱，就把父亲葬在自己的头上。从那以后，她头上就有了冠毛，人们传说那是她父亲的坟山。

这故事是说青年人的第一责任是孝敬父母。

麻雀和野兔

老鹰抓住了一只野兔，野兔十分悲伤和痛苦，他的哭喊声就像孩子哭一样。这时，一只麻雀责备他说："你飞快的速度怎么不见了？这次你的脚为什么跑得这么慢？"麻雀正说着，一只老鹰飞过来，突然把他也抓住了，并吃掉了他。野兔见后，心安地说："唉！他刚才还幸灾乐祸，现在自己也同样遭到不幸的命运了。"

这是说，见人遭受危难时，切不可幸灾乐祸。

鹦鹉与猫

从前，有个人买了一只鹦鹉，他很细心地饲养，让鹦鹉自由自在地生活。这只被驯养的鹦鹉，高兴得总是不停地叫。一只家猫看见了它，问它是谁，是从哪里来的。鹦鹉回答："我是被主人刚买回来的。"猫说："你这大胆的东西，怎么刚来就这么叽叽喳喳地叫。我是在这里长大的，主人都不允许我这样做。有时如果这么做了，他就会大发雷霆，赶我出去。"鹦鹉回答说："好管家太太，你最好赶快出去。主人喜爱我悦耳的声音，而讨厌你的叫声。"

这故事适用于那些总是对别人妄加评论的人。

家狗和狼

有一只饥饿的瘦狼,他在月光下四处寻食,遇见了喂养得特别壮实的一只家狗。他们互相问候着,狼说:"朋友,你怎么这么肥壮,吃了一些什么好东西?我现在日夜为生活奔波,苦苦地煎熬着。"

狗回答道:"你要是想像我这样,只要学着我干就行了。"

"原来是这样,"狼急切地问,"是什么活儿?"

狗回答说:"就是给主人看家,防止夜间有贼进来。"

"那么,什么时候开始干呢?"狼说,"住在森林里,风吹雨打,我都快受够了。为了有个温暖的屋子住,只要不挨饿,做什么我都不在乎。"

狗说:"那好,跟我走吧!"

于是,他们俩一块儿上路了,突然狼注意到狗脖子上有一块伤疤,觉得特别好奇,不禁问狗这是怎么回事。狗说:"没什么。"狼继续问:"究竟是怎么回事?"

"一点点小事,可能是我脖子上拴铁链子的颈圈弄的。"狗轻描淡写地说。

"铁链子!"狼惊奇地说,"你难道是说,不能自由自在地随意跑来跑去吗?"

"不是,也许你没有完全明白我的心意,"狗说,"白天有时候主人把我拴起来。但我向你保证,在晚上我有绝对的自由;主人把自己盘子里的东西喂给我吃,佣人把残羹剩饭拿给我吃,他们都对我倍加宠爱。"

"晚安!"狼说,"你去享受你的美餐吧,至于我,宁可自由自在地挨饿,而不愿套着一条链子过舒适的生活。"

这是说,自由比安乐还重要。

猎狗和狐狸

有条猎狗看见狮子,就追了上去。当狮子回过头来大声吼叫时,他却被吓慌了,掉头向后逃跑。狐狸看见了,说,"你这个胆小鬼!狮子的吼声你都受不住了,你还想去追它?"

这故事是说,有些人,千方百计表现自己的强大的人,当他们真正面对强者时,却马上被吓得落荒而逃。

狗和屠夫

狗钻进肉店里,趁屠夫忙乱之际,偷了一个猪心就跑。屠夫转过头来,看见狗逃跑了,就说:"喂,你这个畜生,你记清楚,无论你今后跑到哪里,我都会注意提防着,你偷跑了我的一个猪心,却把另一个心给了我。"

这故事说明,灾祸常成为人们的学问,也就是说,吃一堑,长一智。

猎狗与众狗

有个人养着一条强壮的猎狗,主人想让它去追赶野兽。可是他每次看见一队队行走的野兽,就拼命地挣脱颈圈,使劲地逃跑。其他狗见到这只壮得像公牛一样的猎狗,就问:"你为何如此仓皇逃窜?"猎狗说:"我知道,我虽吃住不愁,生活舒适;但命令我去追赶熊和狮子,那我就离死不远了。"那些狗几乎都明白了这个道理,就说:"尽管我们缺衣少食,生活简陋,但我们也不想去和凶猛的狮子或熊拼搏。"

这故事是说,荣华富贵舒适享乐往往和危险相连,而清贫简陋的生活却是安全的。

乌鸦与狗

有一次,乌鸦祭祀雅典娜,就请狗来赴宴。狗对他说:"你为什么要花这么多钱来办这毫无用处的祭祀呢?那个女神不是非常厌恶你,使你的预兆一点都不灵吗?"乌鸦回答说:"正是因为这个原因,所以我才给她祭祀,我知道她从来不喜欢我,老是和我过不去,但我要以祭祀同她和解。"

这是说,许多人恐惧敌人,不惜代价想同他们和解。

田螺

　　农夫的孩子正在那里烧烤田螺，突然，他听到田螺吱吱地响，就说："唉，你们这些可怜的东西，家都被烧了，还有心唱歌。"

　　这故事说明，那些不分场合的人经常会受到人们的责备。

狗和海螺

　　有一只狗，他经常去偷吃鸡蛋，有一天，他看见一只海螺，以为这也是鸡蛋，于是张开大嘴，一口就把它吃进肚里。过了一会儿，他觉得肚子为什么这么疼呀，就说："我真是活该，把所有圆的东西都当成鸡蛋了。"

　　这故事告诉我们，不能单凭直觉和外表去认识事物，否则，一不小心就能够毁灭自己。

船主和船夫们

有一天，人们坐船准备出海，可天有不测风云，海面上起了狂风巨浪，船主一筹莫展，感到十分疲倦和烦躁。船夫们仍然顶着风浪拼命地划船，累得几乎精疲力尽了。船主却严厉地对他们说："你们再不划快点，我就用石头把你们砸死。"其中一个船夫说："但愿我们能到有石头的地方。"

这故事告诉我们在生活中遇到危险时，要避重就轻，宁愿忍受小一点的危险，而躲避致命的危险。

人、马和小驹

有个人赶着一匹已经怀孕的母马上路了。在中途，母马产下了小马。刚刚生下的小马驹跟着妈妈走了一会，就觉得全身乏力，他只好对骑在他妈妈背上的人说："我这么一点点小，不能走多远。你要是把我扔下，我马上就会死掉。假如你能把我放在什么地方喂养，日后我定将让你骑着我走。"

这故事说明，行善会有好报，尽管这种好报很难很快实现。

猎人和骑马的人

有个猎人扛着一只兔子打猎归来。在回来的路上被一个骑马的人看见了，于是骑马人便停下来假装要买兔子。骑马人刚一拿到兔子，就纵马飞奔而去。猎人拼命地在后面追赶，但始终没有追上，他们相隔越来越远。猎人望着那远去的骑马人，无可奈何地说："你走吧！那只兔子送给你了。"

这故事是说，许多人由于无奈才假装乐意，把自己舍不得的东西送给他人。

野猪、马与猎人

从前，野猪和马常常是在一起吃草，但是野猪经常使坏，不是践踏青草，就是把水搅浑。马非常生气，一心想要报复他，便跑去请求猎人帮忙。猎人说除非马愿意套上辔头让他骑，才帮助马惩治野猪。马报复心切，就答应了猎人的要求。于是，猎人骑在马背上打败了野猪，然后又把马牵回去，拴在马槽边。马悲叹地说："我真傻！为了一点小事不能容忍他人，现在却招致终身被奴役。"

这故事是说，人们在生活当中一定要对他人宽容，不要因为小事就想去报复他人，否则会给自己带来不幸。

蜜蜂、鹧鸪与农夫

有一次,蜜蜂与鹧鸪因为特别口渴,便飞到农夫那里求水喝,他们许诺要报答农夫,鹧鸪许诺在葡萄园松土,以便结出累累硕果;蜜蜂许诺守护葡萄园,用毒刺驱赶偷吃葡萄的人。农夫说道:"我有两头牛,他们从没许诺过什么,但是他们什么活都干,因此,我把你们要的水让他们喝,那不更好吗!"

这故事说的是那些随便许诺但并不准备实干的人。

行人与浮木

几个行人一起沿着海边走,他们来到一处高地,看见大海的远处漂浮的木头,心里想一定是一艘大海船。于是,他们等着它靠岸,想要乘坐这一艘船。当迎面而来的风把浮木吹到快到岸边时,他们觉得这可能不是一艘大船,也许是一条小船吧,仍然满怀希望地在那里等待。这时,一个大浪把那根木头送到岸上,他们才发现原来是一根木头,互相说道:"这无聊的东西让我们白等了一场!"

这故事说明,有些人对不完全了解的东西,抱有很大的希望,但一经了解,却大失所望。

航海者

有几个人一起坐船出海。大海的气候变化万千,船刚驶入海中时,正好遇到了狂风巨浪,巨浪把船几乎要吞没了。有个人撕破衣服,大声悲惨地痛哭,请求庇护神,许愿说如果能得救,一定会还愿报恩。过了一会,风暴过去了,大海恢复了往日的平静,大家为幸免于难而互相祝福,手舞足蹈,高兴极了。老实的船工却对他们说道:"朋友们,幸免于难的确值得高兴庆贺。但我们还必须勇敢地去面对说不定还会再来的狂风巨浪。"

这故事告诫人们要知道天有不测风云,风平浪静时仍要警惕随时可能降临的惊涛骇浪。

富人与鞣皮匠

有个富人与鞣皮匠是邻居。那富人受不了皮革的臭味,多次催促鞣皮匠搬家。鞣皮匠总是说,立刻就搬,却老是拖延不搬。这样一直拖来拖去,随着时光的流逝,富人已经闻惯了皮革的臭味,也就不再为难鞣皮匠了。

这故事说明,习惯能消除对事物的恶感。俗话说得好习惯成自然。

逃走的寒鸦

从前,有个人捕捉到一只寒鸦,他便用麻绳拴住寒鸦的一只脚,扔给自己的孩子玩。这只寒鸦非常不愿意被小孩玩弄,于是逃回自己的窠里。可脚上的绳索却缠住了树枝,他再也飞不起来了。他临死的时候自言自语地说:"我真倒霉!因不愿忍受人的奴役,却丧失了自己的生命。"

这故事是说,有些人为逃避眼前的危险,反而会遇到更大的灾祸。

吃饱了的狼与羊

有一只吃得饱饱的狼在路上走着,突然他看见一只羊倒在地上,就以为羊是害怕自己而瘫倒了,便走上前去鼓励他,说只要羊能对自己说三句实话,就放了他。羊开始说,第一,他不希望遇到狼;第二,如果自己不幸遇到了,那么,希望遇到的是一只瞎眼狼;第三,愿所有的恶狼都死光,因为恶狼不断地伤害他们,而他们却从来没做过伤害狼的事情。狼觉得他的话一点不假,便放了这只羊。

这故事说明,有时说实话也能在敌人面前显示出力量。

牧羊人与羊

牧羊人赶着一群羊来到橡树林里,他发现一棵高大的橡树上长满了橡子,特别招人喜爱,便高兴地脱下外衣,铺在地上,然后爬到树上,使劲地摇着橡树,橡子便从树上落了下来。羊群跑过来尽情地享受这些橡子,不知不觉地就把牧羊人的外衣也啃完了。牧人从树上下来后,见到如此情形,说道:"你们这些没用的坏家伙,你们把羊毛给别人做衣服穿,而我辛辛苦苦地喂养你们,你们却把我的外衣吃掉了。"

这故事是说,有些糊涂无知的人热情接待外人,却损害自己人的利益。

公牛与野山羊

有头公牛由于被狮子追赶,便逃进了一个山洞里,洞里住着一群野山羊。尽管野山羊对他又踢又顶,公牛还是忍受痛苦对他们说:"我在这里忍辱负重,并不是害怕你们,而是害怕那在洞口站着的狮子。"

这故事说的是,为了逃避大灾难,必须忍受一时痛苦。俗话说,小不忍,则乱大谋。

公牛、狮子和猎人

公牛看见一只小狮子正在那里睡觉，便趁机用牛角把他顶死了。母狮子走过来看到自己的孩子死了，十分伤心，痛哭流涕。这时一头野猪在老远的地方站着对悲伤的狮子说："你知道有多少人为他们的孩子被你们咬死而伤心落泪吗？"

这故事是说，只有当自己也遭到同样不幸时，才会反省自己给别人带来的不幸。

老鼠和公牛

一只老鼠把公牛咬了一口，公牛非常疼痛。他特别想捉住老鼠，而老鼠却早就安全地逃回到鼠洞里。公牛就用角去撞那座墙，弄得精疲力尽，躺在洞旁睡着了。老鼠偷偷地爬出洞口看了看，然后又轻轻地爬到公牛的胁部，再咬他一口，赶紧又逃回到洞里。公牛醒来后，无计可施，烦躁不安。老鼠却对着洞外说："大人物不一定能够胜利。有些时候，微小低贱的东西会更利害一些。"

公牛和小牛犊

一头公牛竭尽全力想挤过一条小路，到牛栏里去。这时，一头小牛犊走了过来，争着要先走，并告诉公牛怎样才能通过这条小路。公牛说："不用劳驾你了，在你没出世以前，我就已经知道那办法了。"

这是说，年轻人千万不要在老人面前逞能。

乌鸦与狐狸

有只乌鸦偷了一块肉，便叼着站在大树上。从这里路过的狐狸看见了，直流口水，狐狸很想把肉弄到手。于是，他站在树下，大肆夸奖乌鸦的身体魁梧、羽毛漂亮，还说他应该成为鸟类之王，要是能发出清脆的声音，那就更当之无愧了。乌鸦为了要显示他能够发出清脆的声音来，便张嘴放声大叫，而那块肉却掉到了树下。狐狸跑上去，抢到了那块肉，并嘲笑说："喂，乌鸦，你如果有头脑，也许能够当鸟类之王。"

这故事适用于愚蠢的人。

乌鸦与赫耳墨斯

有只乌鸦被捕鸟夹夹住了,他请求阿波罗,说如果自己能够脱险,将供奉贵重物品。阿波罗解救了他,但乌鸦早已把自己许的愿丢到了脑后。不久,他又被捕鸟夹夹住了,他再也不敢请求阿波罗,只好向赫耳墨斯许愿。赫耳墨斯对他说:"你这坏东西,你总是欺骗别人,我怎么还会相信你呢?"

这故事是说,那些忘恩负义的人遇到灾难时,谁也不会去救他。

蚱蜢和猫头鹰

一只猫头鹰他白天在家里睡觉,可是每到晚上就出来找东西吃。有一天,正当他睡得很香的时候,被一只蚱蜢的声音给吵醒了,他无法入睡,就急切地请求蚱蜢停止叫声。蚱蜢根本就不理他,仍然叫个不停。猫头鹰越是不断地请求,蚱蜢反而叫得越响。猫头鹰被弄得无可奈何,焦躁不安。突然他想到一个好妙策,便对蚱蜢说:"听到你动听的歌声,我已睡不着了。你的歌声就像阿波罗神的弦琴一样动听。我要把青春女神赫柏刚送给我的仙酒拿出来,痛痛快快地畅饮一场。你如果不反对,就请上来一起喝吧。"蚱蜢这时正很渴,又被这赞美词弄得高兴得忘乎所以,因此,他什么也没想就急忙飞了上去。结果,猫头鹰从洞里冲出来,把蚱蜢弄死了。

这故事是说有些人有一点点本事就得意忘形,忘乎所以,忘记了自己的地位和处境,到头来却自找苦吃。

蜜蜂和蛇

一只蜜蜂在一条蛇头上坐着,不停地用刺去叮扎蛇,差一点就把蛇叮死了。蛇忍受着极大痛苦不知所措,他无法逃避这个小小的仇敌,怎么也吓不跑蜜蜂。正在这时候,一辆满载笨重木材的货车向这边驶来,蛇便有意地将头放到车轮底下,并说:"让我和仇敌同归于尽吧!"

这故事说明,与其备受敌人的折磨,不如与他们同归于尽。

行人与乌鸦

几个人外出办事,正忙着赶路,这时正好遇到一只独眼乌鸦迎面飞来。他们抬起头看了看乌鸦,其中一个人说这是一种凶兆,劝大家赶紧回去。另一个人却说:"乌鸦如何能预示未来呢?他要是能预知,为什么不事先防备自己不瞎眼呢?"

这是说,那些对于自己的事都考虑不周的人,也就没资格教训他人。

蝙蝠、荆棘与水鸟

蝙蝠、荆棘、水鸟，决定靠合伙经商来维持生活。于是蝙蝠借来一点钱作为资金，荆棘带来了他自己的衣服，水鸟带着赤铜，然后，他们便装好货，乘船出发了。后来，他们在海上不巧碰到了强大的风暴，船被吹翻了，所有的货物全部沉没了。幸运的是，他们被海浪冲到了岸上，没有被淹死。从此以后，水鸟总是站到水中，想把丢失的赤铜找回来；蝙蝠害怕见到债主，白天不敢出来，只好夜间才出来寻食；荆棘则到处寻找衣服，总是把过路人的衣服抓住，看看是否是自己曾经丢失的。

这故事说明，许多人在一件事上曾经失败过，以后凡遇到这事就格外地仔细认真。

蝙蝠与黄鼠狼

蝙蝠不小心掉在了地上，正好被一只黄鼠狼看见了，于是蝙蝠请求黄鼠狼饶命。黄鼠狼说绝对不会放过他，自己有生以来就痛恨鸟类。蝙蝠说自己是老鼠，而不是鸟，黄鼠狼便把他放了。后来蝙蝠又掉了下来，被另一只黄鼠狼叼住，他再三请求不要吃他。这只黄鼠狼说他痛恨一切鼠类。蝙蝠又改口说自己是鸟类，并非老鼠，黄鼠狼又把他放了。这样，蝙蝠两次改变了自己的名字，终于死里逃生。

这故事说明，我们遇事要随机应变才能避免危险。

狼、羊群和公羊

狼派了一个使者到羊那里去，说羊群要是把守护他们的狗抓住杀了，就和他们缔结永久的和平。那些愚蠢的羊答应了狼。这时，有一只年老的公羊说："怎么能让我们信任你们并与你们一起生活呢？有狗保护我们时，我们还觉得自己不能平安地吃食呢。"

这是说，人们不能相信坏人假惺惺的誓言，而放弃自己的安全保障。

占卜者

占卜者坐在市场里收钱算卦，忽然有个人赶过来告诉他，他家的门被撬了，家里所有的东西都被偷走了。占卜者大吃一惊，立刻跳了起来，唉声叹气地赶回家中，察看所发生的事情。一位旁观者见了就说："喂，朋友，你不是宣传你能预知别人的祸福吗，怎么连自己的事情都没预测到呢？"

这故事适用于那些连自己的事都预料不到，却扬言能够预测未来的人。

蜜蜂和牧人

有一个牧人发现树洞里有许多蜂蜜,就赶紧过去想偷走。这时,从远方飞回来的蜜蜂一下就把他包围了,并打算用毒刺刺他。于是牧人马上说:"我走,我走。我一点儿蜂蜜都不要,只要你们别刺我。"

这是说,不义之财不可取,否则将危害自己。

养蜜蜂的人

有个人来到养蜂人家里,他见主人不在,就想把蜂蜜和蜜粉偷走。过了一会养蜂人回来看见蜂箱空了,就在蜂箱旁寻找不见的东西。这时候,采花回来的蜜蜂看见了,都围过去用针刺他。那人痛苦地对蜜蜂说:"啊,你们这些坏家伙!不去惩治那偷蜜的人,却一个劲地来刺爱护你们的人。"

这是说,愚蠢无知的人不去提防坏人,却防备朋友,以友为敌。

僧人

僧人们养了一头驴子,他们经常让驴子驮着行李四处游荡。有一天,驴子劳累致死,僧人剥下他的皮,用皮绷了一锣鼓,敲打着它来化缘。别的僧人见到他们,问他们的驴子到哪里去了。他们说:"死了。但是现在,他遭受到更厉害的挨打,要是他还活着是绝对受不了的。"

这是说,有些人就算摆脱了奴役,但也改不掉他们的出身。

年轻人与屠夫

两个年轻人去一家商店里买肉。当屠夫正忙着做事的时候,一个人趁机偷了一块肉,并把肉放到另一个人的怀里。屠夫回过身来,四处寻找那块肉,指责他们。那偷肉的人发誓说自己没拿,怀里藏着肉的人发誓说没偷。后来屠夫看穿了他们的诡计,说道:"就算你们发假誓骗过我,但也骗不过神。"

这故事说明,骗人的假誓言总是会被识破的。

年轻的浪子与燕子

　　年轻的浪子把传下来的家业都挥霍一空，最后只剩身上穿的一件外衣。一天，他看见有一只燕子还不到季节就飞回来了，他以为是春天到了，不用再穿外衣了，就拿去卖了。不久一阵凛冽的北风袭来，非常寒冷，冻得他四处躲藏，碰巧见到燕子冻死在地上，便对他说道："喂，朋友，你把我俩都毁了。"

　　这故事说明，不按自然规律办事是十分危险的。

兔与狐狸

　　有一次，兔子要和鹰打仗，于是就去请狐狸助威。狐狸却说："要是我既不认识你们，又不知道你们要跟谁打仗，我们怎么会去帮助你呢？"

　　这故事说明，有些人不顾自己的生命安全，硬要同比自己强大的对手去争斗。

狗与狐狸

几条狗发现了一张狮子皮，就用牙齿使劲把它撕碎了。狐狸见了，说："要是狮子还活着，你们就会知道，你们的牙齿是不能和他的爪子相对抗的。"

这就是说，有些人风光一时，为人敬仰。一旦他们身败名裂，人们就会藐视他们。

野猪与狐狸

有头野猪在路旁的树干上正在磨他的牙齿。狐狸看见了就问："为什么要在没有猎人及危险的时候磨牙齿?"野猪回答说："我这样做是有道理的，一旦危险降临，就来不及再磨牙齿了，那时我就可以使用磨好的利牙呀。"

这故事是说，人们应当未雨绸缪，防患于未然。

小猪与狐狸

有个农夫用驴驮着山羊、绵羊和小猪运进城去。一路上小猪不停地拼命直叫，狐狸听见了，就问它："为什么那些羊都安安静静，只有你这么能叫？"小猪回答说："我并不是无缘无故地叫喊，我非常清楚，主人捉绵羊是要它的毛和奶，捉山羊是要干酪和小羊羔，而把我捉来是要杀我去祭祀。"

这故事是说那些能预感灾难来临的人。

狼、狐狸和猿猴

狼责备狐狸偷吃了他的东西，狐狸却一点都不承认。于是，他们请来了猿猴来裁决纠纷。当他们双方各自都讲述原因后，猿猴裁决道："狼，我觉得你不会失去你所要的东西；狐狸，我相信你就算偷过东西，也会死不承认。"

猿猴的裁决真是巧妙，聪明人说话总是这样，照顾到两种情况，两种可能，不会顾此失彼。

狮子和牧羊人

一头狮子从树林里经过时，踩上了一根刺。于是，他赶紧跑到牧羊人面前，摇着尾巴向他问好，好像在说请帮帮我。牧羊人壮着胆子，仔细检查了一番，发现了在狮子爪子上的那根刺。然后他把狮子的爪子放在膝上，将刺拔了出来解除了狮子的痛苦。狮子回到了树林中。不久牧羊人被他人诬告，送进了牢房，被判决喂狮子。狮子认出了那位牧羊人，它不但没扑过去，反而慢慢地向牧羊人走去，把爪子放在牧羊人的膝上。国王听说这事情后，下令赦免了牧羊人。

这是说行善者必有回报。

披着狮子皮的驴子

有头披着狮子皮的驴子，他四处游荡，来吓唬那些弱小无知的动物。后来，他看见了狐狸，于是也想去吓唬吓唬他。狐狸以前就听到过他的叫声，便对驴子说："要是我听不出你的声音，也许我也会害怕了。"

这是说，有些人看起来神气十足，一表人才，然而一开口就原形毕露了。

狮子和青蛙

狮子听到青蛙大声叫喊,心里在想:这一定是个大动物,于是转过身来,朝声音发出的地方仔细看去。他等了一会儿,却看见青蛙从池塘里蹦了出来,就走过去,一脚踩住青蛙,说:"这么一个小东西叫声却那么大。"

这故事是说那些多嘴多舌的人,除了会说空话,别无所能。

狮子、狼与狐狸

年老的狮子得了重病,只好在山洞里躺着。除了狐狸之外,所有的动物们都去问候他们的国王。狼就趁机在狮子面前诬陷狐狸,说狐狸胆大包天,藐视国王,竟敢不来探望。正在这时候,狐狸进来了,听到了狼所说的最后几句话。狮子一看到狐狸就怒吼起来,狐狸马上请求国王让他解释几句。他说:"在所有向国王问候的动物当中,有谁像我这样忠诚,为你四处奔走,寻找医生及最好的妙方?"狮子立刻命令他把药方说出来。狐狸说:"将狼的皮活剥下来,趁热将他的皮披在身上。"说完以后狼立刻变成了一具尸体,躺在那里。这时,狐狸得意地笑着说:"你不应当怂恿主人起恶意,而应该引导主人有善心才对呀。"

这故事说明,常常算计别人的人,往往会自食后果。

蚊子与狮子

有只蚊子飞到狮子面前，说："我不怕你，你并不比我强。你的力量到底有多大？是用爪子抓，还是用牙齿咬？最多只不过这两种，女人和男人打架时也会用。可我却比你要厉害得多。你如果愿意，我们就来比试比试吧！"蚊子吹着喇叭，猛冲上前去，专门咬他鼻子周围没有毛的地方。狮子气得用爪子把自己的脸都抓破了，最后狮子终于要求停战。蚊子战胜了狮子，吹着喇叭，唱着凯歌，在天空中飞来飞去，没想到却被蜘蛛网给粘住了。蚊子将要被吃掉的时候，叹息道："我战胜了最强大的动物，却没想到被这小小的蜘蛛所消灭。"

这故事是说，骄傲的人是不会有好下场的，有些人虽然能够击败比自己强大的人，但也会被比自己弱小的人击败。

种菜人

一个种菜人正在给菜园浇水。这时候，有个人跑过来问他，为什么野菜长得很茂盛而人们栽种的菜却很瘦弱。种菜人回答说："地是野菜的亲娘，但却是家菜的后娘。"

这故事适用于那些为自己的懒惰编造借口的人。

世界经典文库

世界二十大名著 伊索寓言

图文珍藏版

种菜人与狗

种菜人的狗掉到井里了。种菜人想把狗从井里救出来,于是他自己也下到井里,但狗却认为主人下来是要把它再捺到水里去,尽快把它淹死。因此当种菜人靠近狗的时候,狗转过身来,咬了种菜人一口。种菜人忍着剧痛一边往上爬,一边说:"我真是活该!何必要这么热心去救它呢?"

这故事适用于那些无情无义、恩将仇报的人。

两只狗

从前,有个人养了两只狗,他让一只狗去狩猎,另一只看家守门。每次猎人带着猎狗出去打猎,获得的猎物,总是分一些给守门狗。对此猎狗十分不高兴,就指责守门狗说自己每次出去打猎,都是四处奔跑,非常辛苦,而守家狗却什么事都不做,光享受别人的劳动果实。守门狗对猎狗说:"你不要责怪我,应该去责怪主人,是他让我不去打猎,坐在家里享受别人的劳动果实。"

这就是说,不要责怪孩子的懒惰,因为是父母把他们惯成这样的。

狼与狗

一只白胖白胖的狗，他脖子上戴着一个小圈，狼见到后，就问他："是谁把你拴住了，而且养得你这么肥胖？"狗回答说："是猎人。但愿你不要像我这样的受罪，套着沉重的颈圈比挨饿还难受。"

这故事说明，对于失去自由的人来说，就算最好的美食也都索然无味。

磨坊主和儿子与驴子

磨坊主和他的儿子一起赶着他们的驴子，到附近的市场上去卖。他们刚走没多远，碰见了一些妇女聚集在井边，谈笑风生。其中有一个说："瞧，你们看到过这种人吗，放着驴子不骑，却要自己走路。"老人听到这些话，马上叫儿子骑上驴去。又走了一会儿，他们碰到了一些正在争吵的老头，其中一个说："看看，这正证明了我刚才说的那些话。现在这种社会风气，根本谈不上什么敬老尊贤。你们看看那个懒惰的孩子骑在驴上，而他年迈的父亲却在下面行走。下来，你这个小东西！还不让你年老的父亲歇歇他那疲乏的双腿。"老人就叫儿子下来，自己骑了上去。他们没走出多远，又遇到一群妇女和孩子。有几个人马上大喊道："你这个无用的老头，你怎么可以骑在驴子上，而让那个可怜的孩子跑得一点力气都没啦?"老实的磨坊主,马上又叫他儿子来坐在他后面。

就快到市场时,一个市民看见了他们就问:"朋友,请问,这头驴子是你们自己的吗?"老人说:"是的。"那人说:"人们还真是想不到,依你们一起骑驴的情形看来,你们两个人抬驴子,也许要比骑驴子好得多。"老人说:"那不妨照你的意见试一下。"于是,他和儿子一齐跳下驴子,将驴子的腿捆在一起,用一根木棍把驴子抬上肩向前走。经过市场口的桥时,许多人围过来看这种有趣的事,大家都在取笑他们父子俩。吵闹声和这种奇怪的摆弄使驴子十分不高兴,它用力挣断了绳索和棍子,掉到河里去了。这时,老人又气愤又羞愧,连忙从小路逃回家去。

这就是说,任何事物都不可能使人人满意,想令人人满意,反而会谁也不满意。

争论神的人

两个人,为忒修斯的能耐大还是赫拉克勒斯的能耐大,争吵得面红耳赤。但是两位神却对他们十分生气,没收了他们中一人的土地。

这就是说,对主人品头论足会给自己带来坏处。

鹿与洞里的狮子

有只鹿拼命地逃避猎人的追捕，跑到了一个住有狮子的洞里。他刚一进去就被狮子抓获。鹿在临死之前说："我真是倒霉，逃过了猎人的捕杀，却将自己送给了最凶猛的野兽。"

这个故事是说，有些人为了躲避较小的危险，反而将自己陷入更大的危险里去。

海豚、鲸与白杨鱼

海豚与鲸互相打斗。他们争斗了很长时间，并且越打越猛烈。这时，有一条白杨鱼游过来，劝说他们停止争斗。海豚却说："我们宁可打到同归于尽，也比让你来调解要好受得多。"

这就是说，有些人本来无足轻重，遇着乱世，自以为是地称起英雄来。

泉边的鹿与狮子

一只鹿感到非常口渴，连忙跑到泉水边去。他喝着甘甜的泉水，看着水里自己的影子，看到自己修长而美丽的双角，不禁得意扬扬起来，当见到自己细小的腿，又开始郁郁不乐。就在他看得入神时，有一头狮子疾奔而来。他转身拼命地逃跑，一下子就把狮子远远地甩在身后，因为鹿的力量是在腿上，而狮子的力量是在心脏上。在空旷的草原上，鹿总是能跑在前头，保住性命。但是当他进入到树林中时，它那美丽的双角被树枝给挂住了，再也没有办法奔跑了，结果被跟踪而来的狮子捉住了。鹿在临死之前对自己说："我真是不幸呢！被我所不喜欢的救了命，却被我所最信赖和宠爱的东西断送了生命。"

这个故事是说，美丽的东西不一定有实用，甚至还会坏事，不美的东西却在关键时刻有实用。

狐狸和鳄鱼

狐狸同鳄鱼争论他们谁的家族更显贵。鳄鱼详尽地述说了他祖先的许许多多伟大事迹之后，又说他的先辈还做过体育场的长官。狐狸却说："就算你不说，我也能从你的皮肤上看得出，你是经过多年锻炼的。"

同样地，事实胜于雄辩。

狐狸和狗

狐狸偷偷地溜进羊群里，抱起一只小羊羔，假惺惺地抚摸着他。狗问狐狸在干什么，他说："我在逗他和他玩耍呢。"狗又说："如果你现在还不放下这只小羊，我将叫你尝尝狗的抚摸。"

这个故事适用于恶汉和笨贼。

狼与狗

狼对狗说："你们与我们长得几乎完全一样，那么，咱们为什么就不能做亲兄弟呢？我们和你们其他方面毫无差别，可是你们却要屈服于主人，脖子上被套着圈子，保护羊群。尽管你们工作劳累，甘愿做奴隶，但仍然免不了遭受鞭子的毒打。你们如果觉得我说得对，那羊群就都归我们吧。"那些狗同意了，狼走进羊圈里，首先把狗全咬死了。

这是说，那些背叛朋友的人，都会受到严厉的惩罚。

驴子与狗

驴子和狗一同外出赶路，他们发现地上有一封密封好的信。驴子捡起来，撕开封印，打开信纸大声朗读。信里提到饲料、干草、大麦以及糠麸。狗听了驴子读的这些，很不舒服，毫不耐烦地对驴说："好朋友，快点读下去，看有没有提到肉和骨头之类的。"驴子把信全部读完以后，仍然没有发现信中提到狗所想要的东西，狗就说："朋友，把它扔了吧，都是些没有什么兴趣的东西。"

这是说，有些人总是以自己的意愿代替他人的意愿。

狗和狼

有只狗觉得自己有劲，而且跑得也快，便拼命地去追赶一只狼。毕竟狗的心里还是有点害怕，不时地躲躲闪闪。狼回过头来对狗说："你并不可怕，你身后的主人来袭击我才害怕呢。"

这故事是说，不要借别人的高贵来自豪。

酣睡的狗与狼

有条狗正睡在羊圈前面。狼看见后，便冲上去想袭击他，把他吃掉。于是狗请求狼暂时不要把自己吃掉，然后又说："我现在瘦得跟干柴似的，等再过几天，我的主人要举行婚礼，那时我要吃得饱饱的，一定会变得肥肥胖胖，到时你再来吃不是更香些吗？"狼相信了狗的话，就把他放了。过了几天狼又来了，他发现狗睡在屋顶上，他便站在下面喊狗，提醒他记住以前的诺言。狗却说："喂，狼呀，你以后是看不见我睡在羊圈前面了，用不着再等婚礼了。"

这故事说明，聪明的人一旦脱离险境后，他终生都会防范这种危险。

牧羊人与狗

有一天，牧羊人正要把羊群赶进羊圈，这时，一条狼跑来了，混进羊群中。牧羊人差一点儿把狼与羊群关在一起。狗看见了，赶紧对牧羊人说道："你如果想要这群羊，怎么能把狼和羊群关在一起呢？"

这就是说，与恶人同住必将会引来灾难和死亡。

寒鸦与狐狸

有一只饥饿的寒鸦站在一棵无花果树上。他看见无花果又硬又青,便一直守在那里等候它们长大成熟。狐狸看见寒鸦总是在那里站着,就去问明其中的原因,然后说:"唉呀,朋友,你太糊涂了,你只知一味等待是没有用的,那只能欺骗你自己,而决不能填饱你的肚子。"

这故事是说那些一味等待却不知努力行动的人是没有结果的。

寒鸦与鸽子

寒鸦看见一群不愁吃喝的鸽子舒适地住在鸽舍里。于是他把自己的羽毛全部涂成白色,便跑到鸽舍里,和他们一起过活。寒鸦一直不敢出声,鸽子就认为他也是同伴,便允许他在一起生活,但是,有一次,他一不小心,叫了一声,鸽子们马上就认出了他的本来面目,将他啄赶出来。寒鸦在鸽子那里再也吃不到食了,只好又回到他的同类那里。然而他的羽毛颜色和以前的不一样了,寒鸦们又不认识他,不让他与自己在一起生活。这样,这只寒鸦因想贪得两份,最后却一份都没得到。

这故事是说,人们应该满足于自己所有的东西,贪得无厌,最终会一无所获。

狮子与公牛

　　狮子想要杀害一头大公牛,他打算施展计谋来智取。于是,狮子对公牛说:"朋友,如果你愿意,我准备杀一头羊,设宴招待你。"他想趁公牛躺下来吃的时候把他给杀死。公牛走到狮子那儿,看到只有许多的铜盆和许多大铁叉,根本没看见羊,他就一声不吭地走了。狮子责问他,为什么无缘无故一声不响地走了。他回答说:"我这么做是有一定道理的,因为我看得出那些所准备的餐具,并不是为了吃羊准备的,而是为了吃牛的。"

　　这个故事说明,那些聪明的人能从蛛丝马迹中识破坏人的阴谋诡计。

翠鸟

　　居住在海上的翠鸟十分喜欢僻静的地方,传说她为了逃避人类的猎捕,常常在人迹罕至的海岸边的岩石上筑巢。有一次在孵卵的季节,一只翠鸟走到一处海岬,相中了临海的一块岩石,就在那里筑起了鸟巢。一天,就在她出外觅食的时候,海上忽然狂风大作,汹涌的波浪一浪高过一浪,汹涌的浪涛冲到岩石上,把鸟巢给卷走了,小鸟也无踪无影了。当翠鸟回来后,见到这般悲惨的景象,痛苦地说道:"我真是不幸啊,我小心防备了陆上的捕猎,才逃到这里来,谁能想到海是更靠不住的。"

这就是说,十分小心谨慎地防备敌人,却不知道有时会落在比敌人更厉害的友人手里。

牧人与海

有一个牧羊人经常在海边的草地上放牧羊群,看到海很宁静而温顺,就想去航海做生意。于是,他卖掉了羊群,买了些椰子,装船出发了。不料海上刮起了大风暴,船就要沉下去,他只好忍痛把所装的货物全部抛到海里,好不容易才坐着空船逃了回来。很久之后,有人路过海边,偶遇海面很宁静,大为赞美。牧羊人却对他说:"好朋友,大海又在想要椰子了,所以才显得这么宁静。"

这个故事说明,人们从患难中能够得到学问。

燕子与蟒蛇

有一只在法院里做窝的燕子出外觅食。一条蟒蛇趁这个机会爬进燕子窝里,把小燕子都给吞吃了。燕子回来发现自己的窝空了,极度悲痛。另一只燕子飞过来劝慰她,并对她说她不是唯一丢失孩子的妈妈。她回答说:"我之所以这样悲痛,并不仅仅是因为丢失孩子,而是因在这受害的地方本是所有受害者都能求得帮助的地方。"

这个故事说明,当灾难来自最意想不到的地方时,最使人悲伤。

女主人与侍女们

从前,有个女主人十分勤劳,她雇了几名侍女。到夜里每当公鸡一打鸣,她就叫她们起来去干活。侍女们每天日夜劳作,累得精疲力尽,她们恨死了那只公鸡,决定要找个机会弄死它,她们以为是那公鸡不到天亮就把女主人给叫醒,才使她们受苦受难。然而就在她们把公鸡弄死之后,反而比以前更不幸了。那个女主人不知道鸡叫的时间,总是在黑夜里更早地把她们叫起来去干活。

这个故事是说,许多人的不幸往往是由于自己造成的。

守财奴

有个守财奴变卖了他所有的家产,换成了金块,并埋在一个秘密的地方。他每天都走去看看他的宝藏。有个在附近放羊的牧人留心观察,知道了内情,趁他走后,把金块挖出来拿走了。守财奴再来时,发现洞中的金块没有了,就开始捶胸痛哭。有个人看到他如此悲痛,问明原委后,说道:"喂,朋友,不要再难过了,那块金子虽然是你买来的,但并不是你真正拥有的。去拿一块石头来,代替金块放在洞里,只要你心里想着那石头就是块金子,你仍然会很高兴的。这样与你拥有真正的金块效果并没什么不同。依我之见,你拥有那金块时,也从没使用过。"

这个故事只说明,一切事物如果不使用就等于没有。

鬣狗与狐狸

传说鬣狗每年都要变换他们的性别,有时是雄的,有时是雌的。有条鬣狗看到狐狸,就指责他,说自己想要和他交朋友,狐狸却毫不理睬。狐狸回答道:"你不要指责我,还是指责你自己吧!因为我不知道是该把你当女朋友好呢,还是当男朋友好。"

这个故事适用于那些做事态度暧昧的人。

胆小的士兵与乌鸦

有个胆小的士兵出去打仗,乌鸦大叫一声,他马上放下武器,一动也不敢动。过了一会儿,他拿起武器继续往前走,乌鸦又大叫了起来。他停下来说:"你们尽力地去大叫吧,只是不要来吃我的肉呀!"

这个故事适用于那些非常胆小的人。

丈夫与怪癖的妻子

某人的妻子行为极其怪癖,她和家里的所有人都难以相处。丈夫想知道她同她娘家的人是否也是这样,就找了一个很好的借口把她送回了娘家。没过几天,她就回来了,丈夫问妻子娘家的人待她怎么样。她回答说:"那些放牛和牧羊的人都不给我好脸色看。"丈夫对她说道:"啊,亲爱的,如果那些早出晚归的牧人都不能和你很好地相处的话,那么那些整天和你在一起生活的人又会对你怎么样呢。"

这个故事是说,事情常常可以由小见大,由表及里。

农夫与杀死他儿子的蛇

一条毒蛇趁人不注意爬进农夫家,咬死了农夫的儿子。农夫十分悲痛,抓起一把斧头,气冲冲地跑到蛇洞外站着,只要蛇一出洞就砍死他。不一会儿,蛇刚从洞里出来,农夫马上一斧头砍过去,可惜没有砍到蛇,却把洞旁的一块石头给劈成了两半。农夫担忧后患,就恳求蛇同他和解。蛇说:"我一看到那劈开的石头,就不可能对你产生好感;同样,你一看到儿子的坟墓也不会原谅我的。"

这个故事是说明，深仇大恨是很难化干戈为玉帛的。

狐狸和为王的猴子

有一次，猴子在野兽的集会上跳舞，赢得了大家的好感，被选立为王。狐狸非常嫉妒，当他发现一个捕兽夹子里放着肉时，就把猴子领到那里去，说他发现一个宝物，自己没敢动用，准备留给王室作贡品，并劝他亲自去取。猴子很轻率地跑了上去，结果被夹子给夹住了。他斥责狐狸陷害他，狐狸却说："猴子，凭你这点小小的本事，你这个笨蛋还想做兽中之王吗?"

这个故事是说明，凡事不要轻率。不然，就会给自己带来不幸，同时为世人所嘲笑。

狐狸和狮子

从前，狐狸和狮子住在一起。狐狸总是充当狮子的奴隶，经常去森林里把野兽给赶出来，然后再由狮子去捕捉。他们俩总是按照各人的功劳大小来分配猎物。但是，狐狸总觉得狮子分得太多了，不愿意再帮狮子去追赶野兽，而是自己独自去林中捕捉猎物。当他正准备捕捉一只羊时，自己却先被猎人抓住了。

这个故事是说明，平平安安地做百姓比胆战心惊做国王要好得多。

狐狸和关在笼里的狮子

从前,有一头狮子被关在笼子里,被狐狸看见了,狐狸就毫不畏惧地走过来大声地谩骂狮子。狮子对他说:"骂我的并不是你,而是我所遭遇的不幸。"

这个故事是说明,身遭不幸的强者往往会受到地位低下的小人的蔑视。

狐狸和猴子争论家世

狐狸和猴子同行,一路互相争吵他们谁的家世更高贵。他们各自夸耀一番后,走到了一处墓地。猴子转过头去,放声大哭。狐狸不明白他哭的原因,忙问他为什么哭,猴子指着那些墓碑说:"当我看到这些为我祖先的解放所奴役过的奴隶墓碑时,你说我怎么能不伤心呢?"狐狸说:"你就使劲地吹牛唬人吧,他们之中没有谁能站起来反驳你。"

这就是说,在没有人反驳时,说谎话的人更是自吹自擂。

伊索在造船厂

闲暇的时候,擅讲故事的伊索来到了造船厂。有些造船工人同他开玩笑,逗他说话。伊索说在古时候到处是一片混沌和水,但宙斯想要出现土,便叫土分三次喝干海水。土第一口喝下去,最先奇迹般地出现了山峰,第二口喝下去时,一片原野顿时展现在眼前。伊索接着就说:"他若再喝第三口,那么你们这点技艺就将毫无用处了。"

这故事说明,嘲弄比自己高明的人,往往会自讨没趣。

洗澡的小男孩

有一天,一个小男孩在河里洗澡,不幸遇到了危险,眼看就要被淹死时,这时有人路过,小男孩看见了连忙大声呼救。然而,那人却责备小男孩太鲁莽和太冒险。小孩回答道:"请你还是先把我救出来,再责备吧。"

这故事是说,该说的时候说,该做的时候做。

农夫和狗

农夫持续被风暴困在家里，粮草都没有了，又没法出去为自己弄食物，迫于无奈，他把绵羊吃掉了。可是风暴仍继续不停，山羊也被他吃掉了。后来，风暴一点也没减弱，他又吃掉了那耕田的牛。那些狗注意到主人的所作所为，互相商量道："我们得赶紧离开这里，主人连帮他一起辛勤耕作的牛都宰了，又怎能会放过我们呢？"

这故事说明，对于那些家人都要伤害的人，要特别警惕。

狮子与农夫

有只狮子闯到农夫家的畜圈里，农夫想要捉住他，于是马上把院子的大门都紧紧关上了。狮子因跑不出去，便先咬死了一些羊，随后又朝那些牛冲去。农夫担心自身难保，便将门打开，让狮子出去。狮子逃走之后，妻子对悲叹不已的丈夫说："你活该！人们都远离可怕的狮子，你为什么还要把他关起来呢？"

这是说，去激怒比自己更强大的人，只会自讨苦吃。

马与驴子

驴子看到主人对马照料非常精心,给他丰富的饲料,想到自己连糠麸都不够吃,还要做十分繁重的工作,便悲伤地对马说:"你真幸福!"当战事爆发时,全副武装的战士骑着马,奔驰于战场,不顾枪林弹雨,冲锋陷阵。马不幸受伤倒下了,驴子见到后,不再觉得马比自己幸福,反而觉得马比自己更可怜。

这故事说明,不要随便羡慕别人,各人都有自己的生活,都有自己的幸与不幸。

铁匠与小狗

铁匠家有一条狗,他打铁时,狗就睡觉,等到吃饭时狗便立刻跑到铁匠的身旁摇头摆尾,讨好主人。铁匠扔给狗一块骨头,并说道:"你这家伙,总是贪睡。为什么那沉重的打铁声丝毫不影响你的睡眠,而我们吃饭时轻微的响动声却能使你惊醒?"

这故事是说,那些唯利是图的人,对于自己有利的事专心致志,对自己无利的事则不闻不问。

丑陋的女娲与阿佛洛狄忒

从前有一家主人爱上了丑陋心险的女娲。她用很多金钱把自己打扮得很华丽,去同女主人比美。她还不断地祭奉阿佛洛狄忒,请求将自己变得漂亮些。睡梦中的阿佛洛狄忒对女娲说不能为了她的祭祀而赐给她美貌,并对以她为美的人感到气愤。

这就是说,凡是用卑鄙手段致富的人,不要得意忘形,别忘了自己是什么身份,别忘了自己的本来面目。

白松与荆棘

白松和荆棘互相争吵起来,于是,听见白松骄傲地说:"我质地优良,躯干粗壮,既能够做庙宇的屋顶,又可以建造船只,而你能够做什么呢?"荆棘说:"假如你一想起劈你的斧头和锯你的锯子时,你恐怕还是会愿意做荆棘吧。"

这故事是说,平淡无奇的生活也许比富有离奇的生活更无痛苦和危险。

百灵鸟和小鸟

早春时节,一只百灵鸟飞到嫩绿色的麦田里做巢。过了不久小百灵鸟们的羽毛渐渐地丰满了,力气也慢慢地长足了。有一天,麦田的主人去看已成熟的麦子,就说:"收割的时候到了,我一定要去请所有的邻居来帮忙收获。"一只小百灵鸟听到这话后,就赶紧告诉了妈妈,并问妈妈,咱们以后搬到什么地方去住。百灵鸟说:"孩子,他并不是真的马上要收获,只是想请他的邻居来帮忙。"几天过后,那个主人又来了,看到麦子已经熟透了并掉了下来,急切地说:"明天我带上家里的帮工和可能雇到的人来收获。"百灵鸟听到这些话后,就向小鸟们说:"我们现在该搬家了,因为这一次主人真着急起来了。他不再依赖邻居,而是要自己亲自动手干了。"

这是说不寄希望于外力,而是自己亲自动手,这才是真正下决心了。

击水的渔夫

渔夫在河里拦河张网捕鱼,用麻绳缠住石块,然后又不停地打击河水,吓得鱼群仓皇逃窜,都钻进了他的网中。附近的一个人看见以后,指责他不应该这样把河水弄浑,而使大家都没清水喝。渔夫回答说:"如果不搅浑河水,我就得饿死不可。"

这故事是说,有些人如同这个渔夫一样,为了自己的私利,不惜把事情搞混搞乱,再从中渔利。

贼和看家狗

有一个宁静的夜晚,一个贼悄悄地进入一户人家的院子。为了避免狗吠喊醒主人和追咬自己,贼特意随身带了几块肉。当他把肉给狗吃的时候,狗说:"你如果想这样来堵住我的嘴,那就大错特错了。你这样无缘无故、突如其来地送给我肉吃,一定是别有用心,不怀好意的,一定是为了你自己的利益,想伤害我的主人。"

这是说忠心的狗都不受肉的贿赂,所以我们都应忠于职守,抵制诱惑。

驴子与农夫

驴子替农夫干繁重的活,却没有多少吃的。于是,他跑去请求宙斯,让他离开农夫,卖到别的主人那里去。于是宙斯把他卖给一个陶工,陶工让他搬运沉重的粘土和陶瓷,驴子感觉到比原来更劳累。他又请求宙斯再给他换一个主人,宙斯又把他卖给了一个铁匠。他一到铁匠那里,看到要干的活,后悔不已地说:"我真不幸！留在以前的那些主人那里该多好啊！现在连我的命都得交给这个主人了。"

这故事说明，许多人总是抱怨自己的生活不好，却并不了解别人的生活同样也有不如意的地方。

老人与死神

一天，有个老人砍了很多柴，他挑着走了很远的路。感觉到十分吃力，一路上他特别的累，最后，他实在挑不动了，就放下担子，叫喊起死神来。死神来后，问他为什么叫他，老人说："尽管我已精疲力竭了，但还是请你把那担子放在我肩上。"

这故事说明，即使生活不幸，人们也爱惜生命。

医生与病人

有一个医生给病人治病。而最终那个病人还是死了，医生对那些送葬的人们说："假如病人生前戒了酒，洗了肠，就不至于死去。"在场的另一个人回答说："高明的大夫，事到如今，你说这些话，都是毫无用处了，你应该在病人生前患病的时候，用这些话去劝服他。"

这故事说明,当朋友处于困难的时候,应及时给予帮助,而不应该在事后去说一些毫无用处的空话。

蜜蜂与宙斯

蜜蜂不愿意将自己的蜂蜜给人类,便飞到宙斯面前,请求给他巨大的力量,以便用针能够刺死那些接近蜂窝的人。宙斯对他的恶意十分气愤,便使蜜蜂只要刺一次人,蜂针就断了,使蜜蜂自己也随之死去。

这故事讽刺了那些不怀好意、自食恶果的人。

狮子与驴子合作打猎

狮子和驴子联合在一起外出打猎。他们来到野羊居住的山洞。狮子守在洞口监视,驴子则跑进洞里,乱喊乱跳,吓唬野羊,野羊都被他轰赶出来了,守候在洞口的狮子捕捉到了许多野羊。随后,驴子跑出洞来,问狮子他是否很勇敢,野羊都被轰赶出来了。狮子答道:"是呀!如果我不知道你是野驴子,我也许会害怕你。"

这是说,那些在能人和行家面前自吹自擂的人,自然会被世人讥笑。

山羊与牧羊人

很多山羊被牧羊人赶到羊圈里。其中有一只山羊不知在吃什么好东西,单独落在后面。牧羊人拿起一块石头扔了过去,正巧打断了山羊的一只角。牧羊人吓得请求山羊不要告诉主人,山羊说:"即使我不说,难道还能隐瞒下去吗?我的角已断了,这是十分明显的事实。"

这故事说明,明显的罪状是没法隐瞒的。

挤牛奶的姑娘

一个农家挤奶的姑娘头顶着一桶牛奶,从田野里走回农庄。忽然她想:"这桶牛奶换来的钱,至少能够买回三百个鸡蛋。除去一些意外的损失,买回的这些鸡蛋可以孵得二百五十只小鸡。等鸡价涨最高时,就可以拿这些小鸡到市场上去卖。照这样的话一年到头,我便可分得很多赏钱,用得来的这些钱足够买一条漂亮的新裙子。圣诞节晚宴上,我穿上漂亮迷人的新裙子,年轻的小伙子们都会向我求婚的,而我却要摇着头拒绝他们。"想到这里,她真的摇起头来,头顶的牛奶倒在地上。她的美妙幻想也随之消失了。

这是说,想入非非的人不会给自己带来任何实惠。

牛和屠夫

有一天,许多牛想杀死宰他们的屠夫,因为屠夫从事的工作是屠杀他们。他们聚集在一起,商讨了一个办法,就是磨砺他们的角,准备战斗。有一头耕过许多田地的老牛说:"屠夫们的确宰杀我们,但他们是用精巧的手艺来杀我们,减少了好多我们的痛苦。如果没有这些手艺高明的屠夫,而让其他人来宰杀,我们会更加痛苦的。你们要知道一个不可违背的客观规律,虽然屠夫可以杀死,但人们总是要吃牛肉的。"

这是说如果灾难和死亡不可避免,就要勇敢地去面对它,与其痛苦而死,不如痛快而死。

偷东西的小孩与他母亲

有个小孩从学校里偷了同学的一块写字石板,于是,拿回家交给母亲。母亲不但没有批评他,反而夸他能干。第二次他偷了一件大衣回家,同样交给母亲,母亲很满意,更加夸奖他。随着岁月的流逝,小孩长大成小伙子了,便开始去偷贵重的东西。有一次,他被当场捉住,反绑着双手,并被人押送到刽子手那里。他母亲跟在后面,捶胸痛哭。这时,那个小伙子提出来想和母亲贴耳说一句话。他母亲马上走了过去，儿子猛地用力咬住他母亲的耳朵，并撕了下来。母亲骂他不孝，犯杀头之罪还不够，还要把母亲致残。儿子说道："我初次偷石板交给你时，如果你能打我一顿，今天我就不会落到这种可悲的下场，被人押去处死！"

这故事说明，小错当初不惩治，必将酿成大错。

猫和鼠

从前，有一户人，这户人家里有许多老鼠。猫知道后，便跑到他们家里去，毫不留情地抓住一只就消灭一只。老鼠看到他的同伴不断被杀，都躲入鼠洞里。猫再也不能抓到他们，就想出办法引鼠出洞。猫爬在一把木橛上，吊在上面装死。有只老鼠出来窥探，一下就看出来了猫是装死的，于是他对猫说，"呵，伙计，你哪怕变成一只麻袋，我也决不会到你跟前去的。"

这故事说明，聪明人吃一堑，长一智，不会被伪装所蒙蔽。

农夫与争吵不休的儿子们

有个农夫的儿子们常常互相争斗不休。他曾经多次语重心长、苦口婆心地劝解他们，仍无济于事。他认为应该用事实来教育他们，便叫儿子们每人去拿一捆木棒来。木棒拿来后,他先将整捆木棒交给儿子们,叫他们折断。儿子们一个个用尽了全身力量都没有把它折断。然后他解开那捆木棒,给他们每人一根。他们都毫不费力地将木棒折断了。这时,农夫趁机说:"孩子们,你们要像木棒一样,团结一致,齐心协力,就不会被敌人征服;可如果你们互相争斗不休,就很容易被敌人打垮。"

这故事说明了一个深刻的道理,团结才是不可征服的力量,而内讧只能耗损自己。

老太婆和羊

从前,有一个贫穷的老太婆,她养着一只羊。到了剪羊毛的季节,她想剪羊毛,但又不愿花钱雇请人手,于是就自己动手剪。对剪羊毛的技术一点不熟练,因此连毛带肉一起剪下来了。那只羊痛得挣扎着说:"主人,你为什么这般伤害我?我的血和肉能增加多少羊毛重量呀?如果要我的肉,屠夫就能立刻宰了我;如果要我的毛,剪毛匠会很好地剪下我的毛,而不使我这般痛苦。"

这故事是说最少的费用并不一定能获得最大的利润。

人与同行的狮子

有一天,狮子和人一起赶路,他们互相吹嘘自己。在路上,他们看到一块石碑,石碑上刻着一个人征服几头狮子的图画。那人一边指着那块碑,一边说:"你看,事实证明我们比你们强多了。"狮子笑着说道:"如果狮子会雕刻,那么你就会看到众多的人倒在狮子脚下。"

这故事说明了一个深刻的道理,那些自己毫无本事的人却喜欢常常在别人面前炫耀自己。

被狗咬的人

有个人被狗咬伤后,四处求医治伤,仍无显著疗效。有人向他建议,用面包擦干伤口上的血,再扔给咬你的那条狗吃。他回答说:"我如果这样做的话,那么全城的狗一定都会来咬我。"

这就是说,恶性若得逞,就会更加为非作歹,为所欲为。

马和鹿

从前有一头马独占了一片草原。一天,一只鹿闯入他的领地,想和他一起分享草原。马对鹿的闯入十分仇视,一心想报复,就向人求教惩罚鹿的办法。人回答说,你如果愿意将一块马口铁含在嘴里,并答应让人骑在自己的背上,我就拿出最有效的武器为你去驱逐鹿。马同意了人的要求,允许人骑在他身上。从这以后,马才知道,还没来得及对鹿进行报复,自己就成了人的奴隶。

这就是说不假思索地答应别人提出的条件,往往不仅达不到自己的目的,反而会失去更多。

世界经典文库

世界二十大名著

伊索寓言

图文珍藏版

捕鸟人和冠雀

捕鸟人装好网,准备捕鸟。冠雀老远就看见了,便问他在干什么。他说正在建造一座漂亮的城市,说完就跑到远处躲藏起来。冠雀信以为真,毫不犹豫地飞进网内,结果被逮住了。捕鸟人跑来捉冠雀时,冠雀说:"喂,朋友,你建造这样的城市,决不会有多少居民。"

这故事说明,残暴的统治者会使人们宁愿舍弃城市和家园。

挂铃的狗

有条狗常常咬人。主人给它挂上一个铃铛,以便大家能防范它。然而,它却整天在市场上摇着铃跑来跑去,洋洋得意。老母狗问它:"你得意什么呀?你挂着铃并不是因为你有美德,而是为了表示你会作恶。"

对于狂妄自大的人来说,虚荣的性格往往能够显露出他们隐秘的罪恶。

断尾的狐狸

一只狐狸被捕兽器把尾巴夹断了。受到这种耻辱以后,他觉得脸上无光,生活很不好过,所以他决定劝告他同伴,让其他狐狸也去掉尾巴,大家都一样了,他的缺点就可以掩饰过去了。于是他召集了所有狐狸,劝说他们割去尾巴,他信口就说尾巴既不雅观,又使我们拖着一件笨重的东西,是多余的负担。有一只狐狸站起来说:"喂,朋友,如果这不是对你有利,你就不会这样煞费苦心地来劝说我们了。"

这故事讽刺了那些不是出于好意,而是为了自身利益而劝其他人的人。

灯芯

用橄榄油的灯芯能发出很亮的光。灯芯洋洋得意,认为自己发出的光比太阳还要亮得多。一阵风吹来,灯芯马上被吹灭了。有人再来点燃,并对他说:"灯芯啊,好好地亮着,别盲目自大了,否则的话,是永不会灭的。"

这就是说,人们不要因名声与荣誉而盲目自大,沾沾自喜。

兔与青蛙

有一次，许多兔子聚集在一起，为自己的胆小无能而难过，都相互悲叹自己的生活中充满着危险和恐惧，更不幸的是还常常被人、狗和鹰以及别的许多动物屠杀。他们都觉得，与其一生心惊胆战，还不如一死了之的好。于是，他们一起奔向池塘，想要投水自尽。正在这时许多围着池塘边蹲着的青蛙，听到了那急促的跑步声，于是立刻纷纷跳下池塘。有一只比较聪明的兔子，它看到青蛙跳到水中，似乎明白了什么。"快停下，朋友们，我们不必吓得去寻死了！。你们看，这里还有比我们更胆小的动物呢！"

这故事说明，那些不幸的人们往往是以他人的更大的不幸来聊以自慰。

母狮与狐狸

狐狸总是取笑母狮无能，说她每胎仅能生一个孩子。母狮回答说，"可我生下的毕竟是一头狮子。"

这就是说，贵重的价值在于质，而不在于量。

世界经典文库

世界二十大名著 伊索寓言

图文珍藏版

渔夫与小梭鱼

渔夫将网撒到大海里,捕到了一条小梭鱼。那可怜的小鱼求渔夫把它放了,说他还太小。他又许愿说:"等我长大以后,你再捉住我,将对你更有好处。"渔夫说:"现在我若放弃手中的小利,而去追求那希望渺茫的大利,那我岂不成了傻子吗?"

这故事说明,愚蠢的人才会放弃已到手的小利,而去追求那虚无缥缈的大利。

农夫与他的儿子们

有个农夫他快要离开人世时,想把自己的耕作经验都传给儿子,便叫他们来说:"孩子们,我即将离开这个世界了,你们都去寻找曾经我埋藏在葡萄园里的东西,把它们都统统地找出来!"儿子们以为那里埋藏了金银财宝。父亲去世以后,他们把那葡萄园的地全都翻了一遍,什么宝物都没找到,倒是将葡萄园的地很好地耕作了一番,所以这年的葡萄比往年结了更多的葡萄。

这故事说明了一个道理,劳动是最好的宝物。

农夫和鹳

农夫在刚刚播种的田里布下许多网，许多来吃种子的鹳都被捉住了，还有一只鹳也被捉住了，鹳的腿被网折断了，它哀求农夫说："饶了我吧，可怜可怜我吧。我不是鹤，而是一只鹳，是一只性情优美的鸟。你瞧，我多么孝顺父母，为他们辛勤劳作，你再仔细看看我的羽毛，也与鹤完全不同。"农夫大笑说："你说的话也许没错；但我只知道，你和这些偷吃种子的鹳一起被捉到，那么你就得和他们一起死。"

这就是说人们切莫与坏人交朋友。

两只打架的公鸡

从前，有两只公鸡，为了单占母鸡，于是便打起架来，其中一只把另一只打跑了。被打败的那只只好躲在隐蔽的地方，而打胜的那只却飞到高墙上大喊大叫。这时一只鹰突然猛飞过来，将他抓走了。从这以后，被打败的那只公鸡平平安安地占有了那些母鸡。

这故事说明，傲慢会给自己带来危害，谦卑给人恩惠。

老鼠与青蛙

老鼠不幸被青蛙所爱。青蛙非常愚蠢，他把老鼠的脚绑在自己的脚上。开始，他们在地面上行走，一切正常，还可以一起吃着东西。后来他们走到池塘边，青蛙把老鼠带进水里，他自己在水里嬉戏玩耍，高兴得呱呱叫。可怜的老鼠却被水淹死了。不一会，老鼠便浮出水面，但他的脚仍和青蛙绑在一起。鹞子从这里飞过，看见了那只死老鼠，扑入水中，把他抓了起来，而青蛙也被提出了水面，也成了鹞子的美食。

这就是说，与别人关系太密切，在灾难降临时，往往也会受到牵连。

叼着肉的狗

有一天，一只狗叼着一块肉渡过一条河。他看到自己在水中的倒影，还以为是另一条狗叼着一块更大的肉。想到这里，他打算去抢那块更大的肉。于是，他便跳到水里。结果，他两块肉都没得到，水中那块本来就不存在，原有的那块又被河水冲走了。

这故事能教育那些贪婪的人。

公牛与车轴

一天,几头公牛使劲拉着货车行走,车轴被压得发出吱吱的响声,这时牛回过头,不耐烦地对车轴说道:"喂,朋友,我们任劳任怨地负担着全部重量,你还埋怨什么?"

这故事是说,那些干活少的人叫唤得特别响,而那些不作声的人往往承担着全部重量。

狼与小羊

一只小羊在河边喝水,狼看见以后,就想:怎样我才能名正言顺地吃掉这只小羊呢?于是,他想出了一个办法,就跑到上游,恶狠狠埋怨小羊把河水搅浑浊了,使他无法喝到清水。小羊回答说,我只站在河边喝水,况且又是在下游,肯定不会把上游的水搅浑。狼见此计不成,又说道:"我父亲去年被你骂过。"小羊说,那时我还没出生呢。狼对他说:"不管你怎样辩解,反正我不会放过你。"

这说明,任何正当的辩解对恶人来说都是无效的。

熊与狐狸

有一头熊大肆吹嘘，说他很爱人类，从不吃死人。一只狐狸对他说："但愿你把死人撕得粉碎，而不要去危害那些活着的人们。"

这故事讽刺了生活中那些假装善良的恶人。

田鼠与家鼠

田鼠和家鼠是好朋友，一天家鼠叫田鼠一起去乡下赴宴。他一边吃着大麦与谷子，一边对田鼠说："你知道吗，朋友，你过的这种生活跟蚂蚁差不多了，我那里有许多好东西，与我一起去享受吧！"田鼠跟着家鼠来到城里，家鼠把地里生产的豆子、谷子、红果、干酪、蜂蜜、果子等都摆出来给田鼠看。使田鼠看得目瞪口呆，大为惊讶，称赞不绝，并悲叹自己的命运。他们正想开始吃，突然有人推开了门，胆小的家鼠一听响声，害怕得赶紧钻进了鼠洞。当家鼠再想拿干酪时，又有人进屋里拿东西。他一见到有人，又立刻钻回洞里。这时，田鼠也顾不上饥饿，战战兢兢地对家鼠说："再见吧！朋友，你自己尽情地、担惊受怕地享受这些好吃的东西吧。可怜的我还是回去啃那些大麦和谷子吧，平平安安地去过你看不惯的普通生活。"

这故事说明，人们宁愿过简单安稳的生活，而不愿去享受那充满风险的欢乐生活。

骡子

从前，有头骡子，它靠吃大麦生存，因此长得很强壮，每当他跳跃时，总是自言自语地说："我父亲一定是一匹能奔跑的马，我非常像他。"有一天，因为需要，骡子不得不被拉去不停地跑路。回来后，他才愁眉苦脸地想起自己的父亲原来是驴子。

这故事说明，人们如遇好运出了名，千万不要忘记自己的本性，因为生活如同潮起潮落，前途无法预测。

乌龟与兔

乌龟和兔子为他俩谁跑得快而争论不休。于是，他们约定比赛的时间和地点。比赛一开始，兔子觉得自己是天生的飞毛腿，跑得快，对比赛掉以轻心，躺在路旁睡大觉。乌龟深知自己走得慢，毫不气馁，不停地朝前奔跑。结果，乌龟超过了睡着了的兔子，夺得了胜利的奖品。

这故事说明，奋发图强的弱者往往也能战胜骄傲自满的强者。

世界经典文库

世界二十大名著 伊索寓言

图文珍藏版

猫和鸡

有一天,猫不怀好意、假惺惺地举办生日宴会,许多鸡被请来赴宴。鸡刚一进屋,猫就立刻关上大门,把他们统统吃掉了。

这就是说,对敌人不要抱有任何美好的希望,否则将遭到更大的不幸。

说谎的放羊娃

有个放羊娃赶着他的羊群到村外很远的地方去放牧。他总是爱撒谎,开玩笑,时常大声向村里人呼救,谎称有狼来袭击他的羊群。开始两三回,村里人都惊慌得立刻跑来帮他,反而被他嘲笑,只好没趣地走了回去。后来,有一天,狼真的来了,窜入羊群,大肆咬杀。牧羊娃对着村里人呼喊救命,村里人以为他又在像往常一样说谎,开玩笑,没有人再理他。结果,他的羊全被狼吃掉了。

这故事说明,那些常常说谎话的人,即使有一天说实话也无人相信。

百病之鹿

有只鹿病了躺在草地上。许多野兽前去看望他，把那附近的草都给吃光了。鹿病好后，找不到草，因缺少食物而体弱至死。

这故事是说，过多地结交毫无益处的朋友是有害无益的。

老太婆和酒瓶

一位老太婆找到一个不久前曾装过最好陈酒的空瓶。这瓶现在仍带着浓浓的酒香，她多次把瓶放在鼻尖下，不断摇晃，贪婪地吮吸酒香，并说："啊，多么甜美！装过酒的空瓶都留下这样难以忘掉的香味，那酒不知有多么美味芳香。"

这就是说美好的事物总给人们留下深远的影响，使人们永远难以忘记。

月亮和她妈妈

有一次，月亮让妈妈给她做一件斗篷。妈妈回答说："我怎样才能给你做一件合身的斗篷呢？你现在是新月，然后是满月；再接着既不是新月，也不是满月。"

这就是说，事物总在不断变化，不可能一劳永逸。

狼与狮子

有一次，狼从羊群中抢走一只羊，正叼着羊往回走的路上，碰上了狮子。狮子立刻把羊从狼口里抢走了。狼远远地站着，自言自语地说："你抢我的东西太不正当了。"那狮子笑着说："那么，这东西是朋友正当地赠送给你的吗？"

这故事是说，窃贼和强盗都是一丘之貉，没有好坏之分。

渔夫与大鱼和小鱼

渔夫从海里拉起渔网来，他立即抓住网里的大鱼，扔到岸上，而那些小鱼却从网眼中逃跑了。

这就是说，小人物容易得救，而那些名声大的却难以躲过危险。俗话说："人怕出名，猪怕壮。"

孩子和青蛙

几个孩子在水边玩耍,看到水中有许多青蛙,就用石头去打他们。几只青蛙被他们打死了。这时,一只青蛙从水中探出头来说:"孩子们,请你们不要再打了。这对于你们来说只是在做游戏,而对于我们却有性命之忧啊。"

这就是说,不要把自己的快乐建筑在别人的痛苦之上。

公鸡与野鸡

有个人在家里养了一些公鸡。有一天,他在市场上看到了一只被驯化的野鸡,就买下来带回家,与公鸡关养在一起。那些公鸡都追啄他,野鸡原以为他是外来的关系,才受到欺负。过了几天以后,他看到那些公鸡相互斗架,彼此斗得头破血流,还不愿意停下来。于是,他自言自语地说:"现在,我再也不怨恨被他们所欺负了,因为我亲眼看到他们自己也无法互相宽容。"

这个故事说明,聪明的人如果看见邻里与家人还不能互相宽容,那他们得不到这些人的宽容就不足为奇了。

驴子、公鸡与狮子

有一天，公鸡和驴子生活在一起。饥饿的狮子来侵害驴子，公鸡一叫，狮子害怕鸡叫，转身就逃跑了。驴子看到狮子连鸡叫都害怕，心想狮子也没有什么了不起，就马上跑去追赶狮子。他追到远处，公鸡的叫声听不到了，狮子猛然转过身来，把他给吃了。驴子临死时叹道："我真是不幸啊！我多愚蠢啊！我并不是它的竞争对手，为什么还要去参加战斗呢？"

这个故事说明，不要轻敌，要知道自己到底有多大能耐，不要在强大的对手面前逞能。

河流与海

河流入海中，并抱怨海说："我们的水原本是甘甜可口的，但是你们却将我们变成咸得不可饮用的水了。"海知道他们是有意来责难自己，便说："请你们不要再流到我这里来了，你们也就不会变咸了。"

这就是说，要看到事物发展的总趋势，不要纠缠在枝节问题上。

运盐的驴子

有只驴子驮着盐过河。他的脚底一滑,跌倒在河水中,盐在水中都溶化了。他从河水里站起来顿时感到身上轻松了许多,他很高兴。后来,有一天,他驮着海绵过河,心想再跌倒下去,站起来时一定会更轻松。于是,他就故意地摔了下去,他没想到海绵是吸水的,因此再也站不起来了,淹死在河里了。

这就是说,有些人聪明反被聪明误,自己害了自己。

徒劳无功的寒鸦

宙斯想要为鸟类立一个王,指定一个日子,要求鸟类全都按时出席,选出他们之中最美丽的为王。于是,众鸟都跑到河边去梳洗打扮,寒鸦知道自己没一点漂亮之处,便来到河边,捡起众鸟脱落掉的羽毛,小心翼翼地插在自己身上,再用胶粘住。指定的日子到了,所有的鸟都一齐来到宙斯前。宙斯一眼就看到五颜六色的寒鸦,在众鸟之中显得格外漂亮,并打算立他为王。众鸟十分气愤,纷纷从寒鸦身上拔下原本属于自己的羽毛。不一会儿,寒鸦身上美丽的羽毛一下子全没了,又变成了一只丑陋的寒鸦。

这故事是说,借助别人的东西只能得到美的假象,那原本不属于自己的东西被剥离时,就会原形毕露。

站在屋顶的小山羊与狼

一只小山羊站在屋顶上,看见一只狼从底下走过,便谩骂他、嘲笑他。狼反驳道:"啊,伙计,骂我的不是你,而是我所处的地势。"

这故事说明,地利与天机常常给人勇气去与强者抗争。

山震

有一次,一座大山发生了震动,震动发出的声音就像大声地呻吟和喧闹。许多人都聚集在山下观看,不知将要发生什么事。他们焦急地站在那里,担心着将要发生的不祥之兆,结果仅看见从山里跑出来一只老鼠。

这就是说庸人多自忧。

善与恶

力量弱小的善,被恶赶走来到了天上。善于是问宙斯,怎样才能回到人间去。宙斯告诉他,大家不要一起去,一个一个的去访问人间吧。恶与人很相近,因此接连不断地去找他们。善因为从天上下来,所以就来得很慢很慢。

这就是说,人很不容易遇到善,却每日让恶所伤害。

老猎狗

一条老猎狗年轻力壮时从未向森林中任何野兽屈服过,年老以后,在一次狩猎时,遇到一头野猪,他勇敢地冲上去咬住野猪的耳朵。因为他的牙齿老化无力,没能牢牢地咬住,野猪逃跑了。主人跑过来以后大失所望,并痛骂老猎狗一顿。年老的猎狗抬起头来说:"主人啊!这不能怪我。我的勇敢精神是和年轻时一样的,但我不能抗拒自然规律。从前我的行为受到了您的称赞,现在的行为就不应受到您的责备。"

这是说,生老病死是不可抗拒的规律。

蚂蚁与屎壳郎

夏天，别的动物都悠闲地生活，只有蚂蚁在田地里跑来跑去，搜集小麦和大麦，给自己准备冬季要吃的食物。屎壳郎惊讶地问他为何这么勤劳。当时蚂蚁什么也没说。

寒冷的冬天来了，大雨把牛粪冲掉了，饥饿的屎壳郎，爬到蚂蚁那里想找点食物，蚂蚁对他说："喂，伙计，我在当初劳动的时候，你如果不批判我，而也去做工的话，现在就不会受饥挨饿了。"

这也就是说，尽管风雨变化万千，辛勤劳动的人都能够避免灾难。

公鸡和宝玉

一只公鸡在田野里正在为自己和母鸡们寻找食物。突然他看到了一块宝玉，便对宝玉说："如果不是我，而是你的主人见到了你，他会非常珍惜地把你捡起来；但我发现了你却毫无用处。我与其得到世界上一切宝玉，还不如得到一颗麦子好。"

这是说自己需要的东西才是真正珍贵的。

小鹿与其父

有一天,小鹿对父亲说道,"父亲,你为什么会怕狗呢?你比他高大,比他跑得快,而且还有很大的角可以用来自卫。"公鹿笑着说:"孩子,你说得都有道理,可我只知道一点,就是当我听到狗的叫声就会不由自主地立刻逃跑。"

这故事说明,激励那些天生胆小、软弱的人是毫无用处的。

遇难的人

有位雅典的富商与别人一起去航海。一天,海面上风暴骤起,狂风巨浪把船打翻了。这时,别人都在拼命地游泳逃命,只有这个雅典人不停地祷告雅典娜女神,许愿要是他能得救,一定会献上很多祭品。有一个共同遇难的人游到他身旁,对他说道:"雅典娜保佑你,你也得动动自己的手吧!"

这个故事是说,在请求神帮助时,自己也得积极想办法去做点事。

发现金狮子的人

从前，有一个既胆小又贪心的富人发现了一只金狮子。他自己对自己说："我不知道这件事到底该怎么办，我心里太乱，没有办法拿定主意。我一方面贪心爱财，一方面又胆小怕事。这样的运气是怎么回事？金狮子是由哪位神明造出来的？这件事令我内心矛盾重重。爱金子吧，又害怕金子做成的狮子；心中的欲望催着我去拿，性格却劝我退后。唉！好运来了，可我又不敢接受。这个宝物并没有使我感到快乐。神给予我的恩惠，可望而不可即！这是怎么回事？我怎么办才好，要采用什么方法呢？我得回去把家人带来，凭借他们许多人的力量来提住它，我自己则站在一旁远远地观望！"

这个故事适用于那些既贪图财富又害怕灾祸的人。

农夫与狼

农夫替牛解下犁套，牵着它去喝水。这时，有只非常凶狠的饿狼正出来觅食，看到那犁，开始仅仅只是舔舔那牛的犁套，觉得其中有牛肉味，就不知不觉地将脖子慢慢地伸了进去，结果没有办法再拔出来，只好拉着犁在田里耕起田来。那个农夫回来后，看到了它，就说："啊，可恶的东西！但愿你从今以后弃恶从善，回来种田吧。"

这个故事是说，尽管有些恶人做了一点好事，但是这并非他的本意，而是出于无奈。

骗子

有个人卧床不起，病情非常严重，他绝望了，于是向众神祈祷，说如果能使他病体康复，他一定奉献一百头牛。众神想试验他一下，就用灵丹妙药，使他康复了。他病好下床后，并没用真正的牛来酬谢众神，而是用纸团做成了一百头牛，放在祭坛上烧了，并念念有词地祷告说："诸位神明，请接受我所许下的承诺吧。"这时，众神们认为他用骗术亵渎了神灵，就在晚上托梦告诉他，要他到海边去，说在那里可以找到一千块雅典钱。他醒来后，非常高兴，直往海边跑去。结果在那里遇到了海盗，被他们抓去给卖了，卖得一千块钱。

这个故事适用于说谎话的人。

青蛙邻居

有两只青蛙相邻而居。一只住在远离大路的深水池塘里，另一只却住在大路上小水坑中。住在池塘里的青蛙友好地劝告住在水坑的邻居搬到他那里去，说那里将会生活得更好、更安全,可是邻居却说自己舍不得离开已经习惯了的地方,不想搬来搬去。结果,不久就被过路的车子压死了。

这个故事是说,习惯于环境不图变迁,不但过不上好日子,还会被旧环境所困扰,而有生命之忧。

人与宙斯

传说神最先创造的是动物,并赏赐给他们的:有的是力量、有的是速度、有的是翅膀。而在创造人的时候,人却裸露着身体一无所有。人对神说:"你就不给我一点什么赏赐吗?"宙斯说:"难道你没有看到赐予你的礼物吗?那才是最大的礼物。因为你有思想,思想不论赋予神或是人都是有力的,而且要比所有力量更为有力,比最快的速度更快呢。"

人方才感觉到神赐予自己礼物是最珍贵的,并向众神们表示敬意,很感激地走了。

这就是说,思想是神给予人最大的赏赐,最特别的礼物,思想也是人有别于动物的最显著的标志。

人与狐狸

有人同狐狸为敌,因为狐狸常常危害他。有一天,他抓到了一只狐狸,想要狠狠地报复一下。他把油浸在麻布上，绑在狐狸尾巴上，然后点上火。神灵却把狐狸引进那个人的田地里。此时正当是收获的季节，这个人一边赶狐狸一边痛哭，因为田里将什么都收获不到了。

这个故事是说，人们在极度气愤的时候，常常会毫无理智地处理事情，从而招来更大的灾祸。

两只口袋

普罗米修斯创造了人，并在他们每人脖子上挂两只口袋，一只装别人的缺点，而一只装自己的。他把装别人缺点的那只口袋挂在胸前，而另一只则挂在背后。因此人们总是很快地看到别人的缺点，而很难看到自己的缺点。

这故事也就是说人们往往喜欢挑剔别人的缺点，却无视自己的缺点。

山鹰与狐狸

山鹰与狐狸相互结为好友，为了更加巩固彼此的友谊，他们决定在一起居住，当鹰飞到一棵大树上筑巢孵育后代时，狐狸就走进树下的灌木丛中，生儿育女。

这一天，狐狸出去找食，鹰也正好没吃的，便飞到灌木丛中，把幼小的狐狸叼走，与雏鹰一起饱餐了一顿。狐狸回来后，知道自己的孩子被鹰叼走，他特别伤心，决定为孩子报仇，而最令他悲痛的是一时无法报仇，因为他不会飞，只能在地上跑，无法追到会飞的鸟。他唯一能做到的就是远远地站在一边诅咒敌人。

不久，鹰的这种行为也受到了惩罚。有一次，一些人在野外杀羊祭神，鹰飞下去，从祭坛上抓起带着火的羊肉，叼到自己的巢中。这时候刮了一阵狂风，巢里细小干枯的树枝燃起了熊熊的烈火。那些羽未干的雏鹰都被烧死了，并从树上摔了下来。狐狸当即跑了过去，当着鹰的面，把那些小鹰全都吃光了。

这故事说明，对于违背诺言的人，即使能躲过受害者的报复，也逃不出正义的手掌。

马与马夫

很久以前，有个马夫，他偷偷地卖掉了用来喂马的大麦，但仍坚持每天给马擦洗，用梳子梳理马毛。一天马对马夫说道："如果你想要我长得漂亮，那么就不要再卖掉喂我的大麦了。"

这是说，那些虚情假意的人只会用花言巧语和小恩小惠去贿赂别人，而把别人最必需的东西夺走占为己有。

农夫与蛇

冬天,农夫发现一条冻僵的蛇,他非常可怜它,就把蛇放在自己怀里。蛇被温暖,苏醒过来以后,恢复了它的本性,便咬了恩人一口,使他的恩人受到了致命的伤害。农夫临死前说:"我怜悯恶人,应该受恶报。"

这故事说明,即使对恶人仁至义尽,也不能改变他们的邪恶本性。

吹箫的渔夫

从前,有一个会吹箫的渔夫,带着他心爱的箫和渔网来到了海边。他站在一块特别突出的岩石上边,吹起箫来,心想:鱼如果听到这美妙的音乐就会自动跳到他的面前。他聚精会神地吹了好久,毫无效果。他只好将箫放下,拿起网来,向水里撒去,结果捕到了好多鱼。他把网中的鱼一条条地扔到岸上,并对活蹦乱跳的鱼说:"你们这些不识好歹的东西!我吹箫时,你们不跳舞,现在我不吹了,你们倒跳起舞来。"

这故事唤醒了那些做事不择时机的人们。

人与森林之神

相传,从前有个人与一个森林之神萨堤罗斯交上了朋友。冬天到了,天气变得特别寒冷,那人将手放在嘴边不断地呵出热气来。森林之神忙问为什么要这样做。那人回答说:"天寒手冷,呵热气手就会暖和些。"一次,他们一同在桌上吃饭,桌上的饭菜热气腾腾,烫得很,那人夹起一点放到嘴边,不断地吹。森林之神又问他这是为什么。他说饭菜太烫,把它吹凉。森林之神对人说道:"喂,朋友!我只好同你绝交了,因为你这嘴一会儿出热气,一会儿又出冷气。"

这故事说明了一个道理,决不能与那些反复无常的人交朋友。

苍蝇与蜜

房里漏流出来一些蜜,这时许多苍蝇就飞去饱餐起来。蜂蜜太甜了,他们舍不得走。就在这时他们的脚被蜂蜜牢牢地粘住了,再也飞不起来了。他们后悔莫及,嗡嗡乱叫道:"我们真不幸,因贪图一时的享受而把命都给丢了。"

对大多数人来说,贪婪是灾祸的根源。

母山羊与葡萄树

葡萄藤刚刚长出嫩绿的新芽,母山羊就非常粗暴地去吃它的嫩叶。葡萄树对母山羊说:"你真是太残忍了,为什么要伤害我刚刚长出的新芽?难道说地上没有青草了?吃了我的叶子,你仍是会被宰了拿去祭祀,到那时我将把酿成的酒洒在你身上。"

这个故事是说,那些连嫩新芽都不懂得去爱护的家伙只配承受责骂。

病鸢

一只快要病死的鸢对他妈妈说:"妈妈,请您不要再继续悲伤!还是赶快祈求神明,让他们保佑我的性命吧。"妈妈回答说:"唉!我的孩儿,你想会有哪位神能可怜你?差不多每一位神明都被你惹怒了,你总是从他们的祭坛上把人们献给神的祭品偷走。"

这个故事是说,如果要在患难中得到朋友的帮助,就必须在患难时缔结友谊。

小孩和苎麻

一个小孩不小心让苎麻给刺了一下,他急忙跑回家,告诉妈妈说:"我只是轻轻地碰了它一下,它就刺得我很痛。"妈妈说:"正是因为这样,它才会刺你。下次你要是再碰到苎麻,就要勇敢地一把抓住它,它就会在你的手中变得柔软如丝,不会再刺伤你了。"

这就是说,很多人都是服硬不服软的。

捕到石头的渔夫

渔夫们拉网时,觉得很沉重,他们高兴得手舞足蹈起来,以为这一下子捕到了很多的鱼。谁知道当把网拉到岸边时,网里却满是石头和别的东西,没有一条鱼。他们感到十分的懊丧,没捕到鱼也倒罢了,最难受的是事实与他们所料想的恰好相反。他们中一个年老的渔夫说道:"朋友们,别难过,快乐总与痛苦在一起,她们就像一对姐妹。我们预先快乐过了,现在不得不忍受到一点点痛苦。"

这个故事是说,人生千变万化,就像有时晴朗的天空会突然下雨一样。

三个手艺人

一座大城被敌军围困了,城中的居民们聚在一起,共同商议如何对抗敌人的办法。一个泥瓦匠挺身而出,主张用砖块作为抵御材料;一个木匠毅然提议用木头来抗敌是最佳的方法;一个铁匠站起来说:"先生们,我不同意你们的看法。我认为作为抵御材料,没有一样东西比铁更好。"

这就是说,人们都习惯于从自身角度出发去考虑问题,总认为自己所熟悉的东西是最好的。

驴子和他的影子

一个旅客雇了一头驴,骑着它到远处去。那天天气很热,赤日炎炎。他停下来休息,躲避在驴子下,希望能够有个荫凉,避免太阳的暴晒。驴子的影子仅够遮蔽一个人,于是旅客和驴子的主人为了遮阴激烈地争论起来,谁都认为自己才有这个权利。驴子的主人坚持说他仅出租了驴子本身,而没有出租驴子的影子。那旅客说他雇的驴子包括驴子本身和影子。他们争论不休,以至于互相打了起来。就在他们打架的时候,驴子逃跑了。

这就是说,人们往往为了小事争吵不休,从而失去了最重要的东西。

饥肠辘辘的狗

有几只饥饿的狗，发现河里浸泡着一张兽皮，他们怎么使劲够也够不着。于是，就互相商定，大家一起喝干河水，就可以得到那张兽皮了。结果，还没等到去拿兽皮时，他们的肚皮都被河水涨饱了。

这就是说，不量力而行，辛辛苦苦追求希望渺茫的利益，结果，不但所希望的东西没得到，自己反而会付出惨重的代价。

狗、公鸡和狐狸

狗与公鸡结交为朋友，他们一同赶路。到了晚上，公鸡纵身一跃跳到树上，在树枝上休息，狗就在下面树洞里过夜。黎明到来时，公鸡像往常一样啼叫起来。一只狐狸听见鸡叫，就想吃鸡肉，便来到树下，恭敬地请鸡下来，并说："多美的嗓音啊！太悦耳动听了，我真想拥抱你。快下来，让我们一起唱支小夜曲吧。"鸡高兴地回答说："请你去叫醒树洞里那个看门守夜的，他一开门，我就可以下来。"狐狸马上去叫门，狗突然跳了起来，把他咬住撕得粉碎。

这故事说明，聪明的人往往能临危不乱，巧妙而轻易地击败敌人。

狮子与报恩的老鼠

狮子睡着了,突然有只老鼠跳到他身上。狮子猛然站起来,抓起他来就想吃。老鼠请它饶命,并说如果狮子能保住他的性命,必将报恩。狮子轻蔑地笑了笑,便把他放走了。不久,狮子真的被老鼠救了性命。原来狮子不幸被一个猎人抓获,并用绳索把他捆在一棵树上。老鼠听到他的哀号,走过去咬断绳索,放走了狮子,并说:"你当时还嘲笑我,不相信真能得到我的报答,现在应清楚了吧,我也能报恩。"

这故事说明,时运交替变更,强者也会有需要弱者的时候。

海鸥和鸢

一只海鸥吃了一条很大的鱼,他的肚子被胀坏了,躺在海滩上等死。一只鸢看见后说:"你这是自作孽啊! 你本是空中飞的鸟,就不应该去海里找食物。"

这就是说每个人都应该安分守己。

卖神像的人

从前，有个人雕刻了一个赫耳墨斯的木像，拿到集市上去卖。没有一个买主来光顾他的木像，他便大声叫喊，来招揽生意，说有赐福招财的神出售。这时旁边一个人对他说道："喂，朋友，既然如此，你应该自己享受他的好处，为什么还要卖掉他呢？"他回答说："我要的是现在能马上兑现利益，这神的利益却来得太慢。"

这故事正是讽刺那些不择手段地求利，连神也不尊敬的人。

牛和蛙

一头牛去水潭边喝水，不小心踩着了一群小蛙，并踩死了其中一只。小蛙妈妈回来后，发现少了一个儿子，便问他的兄弟们，他到哪里去了。一只小蛙说："亲爱的妈妈，他死了。刚才一头巨大的四足兽来到潭边，踩死了他。"蛙妈妈一边尽力鼓气，一边问道："那野兽是不是这个样子，这般大小？"小蛙说："妈妈，您别鼓气了。我想您是不可能鼓气成怪物那样大的，再鼓气就会把肚子胀坏的。"

这就是说，渺小无论如何也不能与伟大相提并论。

众树与荆棘

石榴树、苹果树、橄榄树相互为谁的果实最好而争吵不休。一天,正当他们激烈争吵时,篱笆边的荆棘听到了,便说:"你们不要再争吵了,朋友们。"

这是说,有些微不足道的人,在强者相互争斗时,也自不量力地极想表现一番。

乌龟与鹰

从有,有一只乌龟看见鹰在空中飞翔,便请求鹰教他飞行。鹰劝告他,说你的本性根本就不适合飞翔。但乌龟再三恳求,鹰便抓住他,飞到高空以后将他松开。乌龟坠落到岩石上,被摔得粉身碎骨。

这故事说明,那些好高骛远,不切实际的人必遭失败。

燕子与鸟类

从前,有一棵树它能产生一种叫粘鸟胶的东西,当这棵树刚发芽时,燕子预感到鸟类将要大难临头。可是,她召集鸟类,劝他们一定要把所有的这种树弄死。要是做不到,就立刻飞到人那里去,向他们求助,请求他们不要用粘鸟胶来捕捉鸟类。所有的鸟都取笑燕子,以为她是说傻话。燕子无奈就独自飞到人那里,请求保护。人们觉得燕子聪明、机智、善良,就答应了她的请求,允许她和人们住在一起。结果,别的鸟类都经常被人捕捉,成为人们的美食。唯有燕子幸免于难,在人们家里平平安安地筑窝,无忧无虑地生活。

这故事说明,未雨绸缪的人能避免危险。

天鹅

家鹅与天鹅同样被一个富人养着,但他们的用处却不一样:养天鹅完全是因为他善于唱歌,养家鹅仅是为了吃肉。有一次,主人打算把家鹅派上用场,于是天已经很晚了根本就分别不出哪是家鹅哪是天鹅,因此,天鹅被抓了出去。这时,他唱起歌来,以表他的悲哀。歌声说明了天鹅的本性,使他幸免于死难。

这故事说明,音乐常常使生命延续。

天鹅与主人

据说天鹅在临死前才能唱歌。有人偶然看到市场上有天鹅出售,还听说这只天鹅的歌声特别悦耳动听,就买了拿回家。有一天,他设宴请客,叫天鹅在席间唱歌,天鹅却始终不吭一声。后来,天鹅老了,知道自己快要死了,这才为自己唱起了挽歌。主人听到后说:"如果你要是除临死之外,其余别的时间都不肯唱歌,那么我就是太傻了,那天让你唱歌时,就应该把你杀了。"

这是说,许多人不愿意自愿去做某些事,总是在不得已时,才勉强去做。

冠雀

捕鸟夹把一只冠雀给夹住了,冠雀悲哀地说:"我真是一只最不幸的鸟呀!我并没偷别人的金子、银子,更没偷别的贵重的东西,仅仅一颗小谷子却让我丧失了性命。"

这故事是说那些贪小便宜而招来巨大灾难的人。

猿猴和两个人

从前有两个人,他们其中一个总爱说实话,而另一个却爱说谎话。有一次,他们偶然来到了猿猴国。一只自称为国王的猿猴吩咐手下捉住这两个人,他要查问这两人对自己的看法。同时他还下令,所有的猿猴都要像人类的朝廷仪式那样,将在他左右分成两行,中间给他留一个王位。一切准备妥当后,他下令,把那两人带到自己面前来,对那两个人说:"先生们,你们看,我是怎样的国王?"爱说谎的人回答说:"以我来看,你就像一个最有权力的国王。"那么旁边的这些猿猴呢?那人赶紧又说:"他们都是你的栋梁之材,至少也能做大使和将帅。"那猿猴国王和他的手下听到这番谎话,非常高兴,然后吩咐把美好的礼物送给这个阿谀奉承的人。那位说实话的人见到这种情形,心想:"一番谎话可以得到这么多丰厚的报酬,那么,要是我依照习惯,说了实话,又将会怎样呢?"这时,那猿猴国王转过身来问他:"请问你认为我和我的这些朋友怎么样呢?"他说道:"你是一只最优秀的猿猴,依此类推,你的所有同伴都是优秀的猿猴。"猿猴国王听到这些实话后,恼羞成怒,将说实话的人扔给手下去处置。

这故事是说,许多人宁愿相信假话,却不爱听道出实质的实话。

世界经典文库

世界二十大名著

伊索寓言

图文珍藏版

猴子与骆驼

在动物们的集会上，猴子登上台跳起舞来，他的舞姿深受欢迎，赢得了大家的称赞，个个为之喝彩。骆驼却十分嫉妒猴子，他也想赢得大家的喝彩。于是，他站了起来，得意扬扬地显示自己的舞技，结果，他那怪模怪样的舞姿，洋相百出，让动物们大为扫兴，他们用棍棒打骆驼，最后把他赶跑了。

这故事适用于那些不顾自身条件盲目模仿他人的人。

猴子与小猴

一只猴子生了双胞胎，但她只宠爱其中的一只，细心抚养，特别爱护，而对另一只却十分嫌弃，毫不经心。可不知是什么原因，那只为母亲宠爱、细心抚养的小猴，被紧紧抱在怀里而窒息死了，那只被嫌弃的猴子却茁壮成长。

这故事说明，过分的关心宠爱对孩子的成长是不利的。

战争与残暴

各路神明都一一抓阄结了婚。最后剩下的一个阄被战争之神抓走了,同他相配的是残暴女神。于是,他们相爱,结为夫妻。从那以后,不管在什么地方,他俩总在一起。

这是说,无论何时何地,只要有战争,就会有残暴。

河水与皮革

河水对漂流在水中的一块皮革说:"你是谁?"皮革回答说:"我叫硬皮。"湍急的河水拍打着他,说道:"你还是赶紧改个名字吧,我马上就能让你变软。"

这是说,恢复事物的本性是轻而易举的。

墙壁与钉子

猛烈的钉子把墙壁钉坏了,于是,墙壁对着钉子大声叫道:"你为什么要钉坏我,我跟你无冤无仇,什么坏事我都没做。"钉子辩解道:"这一切都不是我的责任,你应该去责备那个狠狠敲打我的人。"

这就是说,责任要归之于罪魁祸首。

蚯蚓和蟒蛇

有一天,路旁的一条蚯蚓发现一条长长的蟒蛇正在睡觉,蟒蛇修长的身材让他看了羡慕不已,他心想自己要是有那样漂亮的身材该多好啊。于是,蚯蚓便爬到蟒蛇旁边,使劲地拉着自己的身体,不料用力太大,终于把自己的身体拉断了。

这故事是说自不量力,不根据实际情况,盲目地去模仿别人,对自己是没有好处的。

贼和旅馆老板

一个贼在旅馆租住了一间房子,一连住了好几天,希望偷一点东西能够付房钱和饭钱,可他白白等了好几天,都一无所获。这天,贼看见旅馆老板穿着一件漂亮的新衣服在门上坐着,便走上前去,同他闲谈。谈了一会儿,他们都觉得有点疲倦,贼打了一个呵欠,并像狼叫似的大吼了一声。旅馆老板说:"你怎么喊得这么吓人呢?"贼说:"我愿告诉你。但请先抓住我的衣服,我愿意把衣服放在你的手中。先生,我自己也不知道我到底什么时候是这样打呵欠,也不知道这种可怕的嚎叫传染到我身上来是惩罚我的罪孽,还是其他别的原因。但是有一点我是知道的,我要是第三次打呵欠时,就会变成一只狼,去咬伤人。"说完以后,他又打了第二个呵欠,并和第一次一样,像狼一般地嚎叫。旅馆老板听完贼的故事,信以为真,非常恐惧,站了起来,准备逃走。贼扯住他的外衣,请他留步,并说:"先生,请等一等,扯住我的衣服,不然我变成狼时,就会暴怒地撕破它。"刚一说完,又像狼嚎叫一样打了第三个呵欠。旅馆老板害怕贼伤害自己,便赶忙脱下新衣交给贼,逃进旅馆躲藏起来。贼带着新衣连忙逃离旅馆,不再回来。

这是说有些人为了达到某种目的,不择手段。如果相信那些鬼话,自己肯定要吃亏。

神射手和狮子

从前,有一个神射手。有一天,他到山里去寻找猎物,森林里的野兽看见他来了,全部都逃得无影无踪,只有高傲的狮子准备向他挑战。神射手向狮子射出了一箭,说:"这只是给你一个警告,你可以从中知道我本人来攻打你的情形。"狮子被射中受了重伤,吓得惊慌逃窜。狐狸劝狮子要勇敢一点,不要轻易示弱。狮子回答道:"他的一支箭就这么厉害,我又怎么能经受得住他本人的攻击呢?"

这故事是说,要善于借助外物去攻击那些不好直接攻击的强大敌人。

补鞋匠改做医生

从前,有个补鞋匠,他特别贫穷,最后他不好靠手艺来维持生活,就来到另一座城市去行医,因为在那边没有一个人认识他。在那里,他靠吹牛,卖一种可治百病的假药,骗取了人们的信任和好名声。有一次,他自己患了重病。那城里的官老爷想试验一下他的医术究竟怎么样,于是就拿来一个杯子,倒满一杯水,谎称这水是补鞋匠治百病的药和毒汁混合起来的,命令他喝下去,并允诺给他一笔酬金。补鞋匠很清楚自己的药无解毒功效,害怕喝了毒汁会死亡,便说出了自己毫无医药知识,只是靠吹牛来卖假药,被人们盲目称赞而成名。官老爷召集市民大会,告诉大家说:"你们都愚笨至极,竟然毫不怀疑地把自己的头托付给这样一个没有用的人。在别的城市,大家连脚上穿的鞋都不愿意要他做。"

这个故事是说不要轻易相信那些江湖浪子。

兄和妹

有一户人家,他有一个儿子和一个女儿,儿子以他的美貌而闻名,而女儿却以貌丑出名。有一天,兄妹俩同时来到镜子面前各自看到了自己的面目。哥哥对着镜子夸奖自己的美貌,妹妹十分生气,无法忍受哥哥的自我赞扬,她几乎觉得哥哥的自夸是在嘲笑自己。她为了报复哥哥,就跪倒在父亲跟前,抱怨说哥哥是男孩子,却有了应属于女孩子的美貌。父亲赶紧拥抱住兄妹俩,给他们每人亲吻和抚爱,并说:"我希望你们俩每天都去照照镜子。我的儿子,你不可让恶行来污损你的美貌;我的女儿,你可以用你的美德来弥补美貌的不足。"

这故事是说外表的美貌和内心的美德合而为一,才能使人真正的美丽。

乌鸦和羊

一只讨厌的乌鸦在羊背上站着。羊非常不情愿地载着他先后走了很久,然后说:"你如果这样去对待狗,他肯定会用锐利的牙齿来报答你的。"听完这话,乌鸦回答说:"我轻视弱者,服从强者。我知道应该欺侮谁,应该奉承谁。我就是靠这样来延长生命一直到老的。"

这是说那些唯利是图的小人总是欺弱怕强。

说大话的燕子与乌鸦

燕子对乌鸦说:"我是一个非常漂亮的姑娘,是名雅典人,是雅典国王的女儿也就是公主。"她又说忒柔斯强奸了她,还割掉了她的舌头。乌鸦说:"你舌头割去了,怎么还这么滔滔不绝,口若悬河。你要是有舌头,还不知将会怎样吹牛呢?"

这是说明,那些好吹牛说大话的人,往往会在自己的谎话中原形毕露。

鸽子与乌鸦

有只鸽子被人饲养在舒适的鸽舍里,他到处炫耀自己生了好多小鸽子。乌鸦听到了,说:"喂,朋友,你别骄傲了,你生得越多,你就会越为他们的生活而操心。"

这故事是说,多一个孩子多操一份心。

白嘴鸦与乌鸦

乌鸦能为人们占卜吉凶,预测未来,人们把它称为神鸟。白嘴鸦十分羡慕他,也想这样做。他看见行人从这里路过时,就飞到一棵树上,大声地叫了起来。行人们惊奇地听到白嘴鸦的声音,转过头来看了看。其中一个人说:"朋友们,我们赶快走吧,这是一只白嘴鸦,他的叫声根本就没有作用。"

这故事是说,无能者嫉妒强者,是不会达到目的,并且还会遭到别人的耻笑。

乌鸦

有一只乌鸦他非常羡慕天鹅那洁白的羽毛。他猜想天鹅一定是常常洗澡，羽毛才会变得这样洁白无瑕。于是，他毅然离开了他赖以生活的祭坛，来到江湖边。他每天都要洗刷自己的羽毛，羽毛不但一点都没洗白，反而因缺少食物饥饿而死。这故事是说，人的本性不会根据生活方式的改变而改变。

蝮蛇和水蛇

蝮蛇经常到泉水边饮水。住在那里的水蛇，对蝮蛇那种不满足自己的领地，却要跑到别人的领地里来喝水的做法，十分生气，出来阻拦他。他们俩的争吵愈演愈烈，并约定互相交战，要是谁赢了，就把这水陆领地全都交给谁。交战的日子决定之后，那些仇恨水蛇的青蛙，跑到蝮蛇那里激励他，并且答应助他一臂之力。战斗开始了，蝮蛇向水蛇猛攻，可是青蛙除了叫唤之外，什么也不能做。蝮蛇取得胜利后，责怪青蛙，虽然许诺给他助战，却不但不帮一把，自己只会唱个不停。青蛙对他说道："啊，朋友，你知道，我们不是用手来助战，而是用声音。"

这个故事是说明，在非要用手帮忙的时候，即使用再好的言语也是没有丝毫用处的。

鹞子与蛇

鹞子抓住了一条蛇飞到空中，蛇转过头来，猛咬了他一口。他俩就从高空中摔了下来，鹞子被摔死了。蛇对他说："你为什么要这么狠毒，去危害那些没有做坏事的人呢？你真是罪有应得。"

这个故事是说，有些人贪得无厌，到处作恶，直至遇到了强者，受到了应有的报应。

蛇的尾巴与身体

有一天，蛇的尾巴拼命争吵着要由他领路。蛇的其他部分说："你没有眼睛鼻子，怎么能够指引我们向前走？"尾巴却什么道理也听不进去。于是，他就来领路，拖着全身到处乱冲乱撞，结果掉进了一个石洞里，蛇的全身都被摔坏了。尾巴摇摆着恳求蛇头，说，"救救我们吧，我的争吵真是太无聊了！"

这个故事是说那些好胜而不自量力的人。

蛇、黄鼠狼与老鼠

蛇和黄鼠狼在一所房子里打架。同住在一所房子里的老鼠经常被他们吃掉，现在一看到他们在打架，就纷纷跑出来。然而，他们双方一看到老鼠，就马上停止了互相的厮杀，一齐朝老鼠跑了过去。

这就是说，那些自行卷入政客们互相争权夺利的人，在不知不觉中成了政客们的牺牲品。

蛇与蟹

蛇与蟹住在一起。蟹总是忠诚和友好地与蛇相处，而蛇却阴险狡诈。蟹常常劝告蛇要忠诚、正直，而蛇却把蟹的话全当耳边风。因此蟹十分气愤，忍无可忍，趁蛇睡着时，把蛇杀死了。蟹看着蛇僵直地躺在地下，说道："喂，朋友，现在你死了，也用不着忠诚、正直了，你如果能听我的劝告，就不至于被杀了。"

这个故事是说，对于有些人来说，也许他死了对人们还好一些。

蛇和鹰

蛇和鹰互相交战，斗得难分难解。蛇用自己的身体紧紧地缠住了鹰，农夫看到了，就帮鹰解开了蛇，让鹰获得了自由。蛇因此感到十分气愤，便在农夫的水杯里下了毒药。当不知情的农夫端起杯子正准备喝水时，鹰猛地冲过来撞掉了农夫手中的水杯。

这个故事是说明，善有善报，好人一定能够得到好报。

庸医

从前，有一个庸医。他给一个病人看病，其他的医生都说这个病人并没有什么危险，只需要休养一段时间，就能够康复。他却叫病人回家准备后事，并说："你已经活不过明天了。"过了一段时间，这个病人的病情略有好转，脸色苍白地出外散步。那个医生遇到他，说道："你好，地下的人们怎么样了？"他回答说："喝了忘河的水，十分安静。但是不久以前，死神和冥王因为医生们没有让病人死去，大肆威胁和恐吓他们，并把他们的名字都一一记下来。原本你的名字也是要被记下来的，但是我跪在死神和冥王的面前，苦苦哀求，并且发誓说你不是真正的医生，而是被别人误认为的。"

这个故事揭露了那些既无知识和医术，又要吹牛行骗的江湖庸医。

演说家

有一天，演说家德马得斯在雅典演说，没有一个人认真地听他演讲，他就请大家允许他讲一则伊索寓言。人们都表示同意，他开始说："得墨忒耳和燕子、鳗一起同行。他们来到了一条河边，燕子飞走了，鳗潜入水中。"讲到这儿，他就再不讲了。人们问他："那么得墨忒耳怎么样了？"他回答说："她正在生你们的气呢，因为你们对国家大事毫无兴趣，而只是喜欢听伊索寓言。"

这个故事是说，不务正业，只图安乐的人是十分愚蠢的。

第欧根尼与秃子

古希腊哲学家第欧根尼遭到一个秃子谩骂后，说道："我决不会回击。我倒是很欣赏你的头发，他早已经离开了你那可恶的头颅而去了。"

这就是说，幽默和讽刺是最好的回击。

旅行的第欧根尼

古希腊哲学家第欧根尼外出旅行,走到一条洪水泛滥的河边,站在岸上没有办法过河。有个经常背人过河的人,看到他在那里为难,就走过来把他搁在肩上,很友好地背着他渡过了河。他十分感激这个人,站在河岸上抱怨自己的贫穷,无法报答行善的人。就在他正思索这件事的时候,看到那人又在背别的人过河。第欧根尼走上前说:"对于刚才的事我不必再感谢你了。因为我现在知道,你不加选择的这样去做,只是一种怪癖。"

这个故事说明,有些人对于任何人都不加审慎地行善,他们得到的不是赞誉,而是愚蠢的骂名。

农夫与鹰

农夫发现有一只鹰被捕兽夹给夹住了,他看到鹰十分美丽,惊讶不已,于是就把鹰放了,鹰表示永远不会忘记他的恩德。有一天,鹰看到农夫坐在一面将要倒塌的墙下,就马上朝下飞去,用脚爪抓起他头上的头巾。农夫站起来去追,鹰立即把头巾丢还给他。农夫拾起头巾后,回过头来一看,却发现在他刚才坐过的地方,墙已经倒塌了。他对鹰的报恩十分感动。这个故事是说,人们一定要知恩图报，做了好事也一定会有好报的。

橡树与宙斯

橡树指责宙斯说："我们生长着毫无意义，所有的植物中我们被砍伐得最多。"宙斯说："招来不幸原因全在你们自己，如果你们不能做斧柄，对木匠和农夫没有一点儿用处，那么斧头也不会来砍你们了。"

这个故事是说，有些人把自己所引起的不幸，毫无道理地归咎于神。

樵夫与橡树

有一个樵夫正在砍橡树。他先用橡树枝做成了楔子，再用楔子十分容易地就劈开了树身。橡树说："我并不怨恨那斧子，而更恨那从我身上生出来的楔子。"

这个故事是说，一个人被家人所害，比被别人所害更痛苦，更伤心。

赫耳墨斯与地神

宙斯创造了男人和女人,吩咐赫耳墨斯领他们到地里去,指点他们如何开荒种地,生产粮食。赫耳墨斯奉命而行。刚刚开始地神就要阻挠。赫耳墨斯就强迫她,说这是宙斯的命令。地神说道:"那么就让他们随心所欲地去开垦吧,反正他们要哭泣着来偿还的。"

这个故事适用于那些轻易借债,却要辛苦偿还的人。

宙斯与蛇

宙斯结婚时,所有的动物都尽自己的所能送来了礼物。一条蛇嘴里衔着一朵玫瑰花也爬来送礼。宙斯看到他说:"别的一切动物的礼物我都可以接受,可是从你的嘴里来的东西我是万万不能收的。"

这个故事是说明,坏人的恩惠是令人生畏的。

宙斯与乌龟

宙斯结婚时,举行了盛大的宴会,招待所有的动物。只有乌龟没有出席宴会,宙斯不知道他因为什么原因没有来。第二天,他就问乌龟为什么不来赴宴。乌龟回答说:"还是在家里舒服,我爱自己的家。"宙斯气愤至极,就罚乌龟永远驮着他的家行走。

这个故事是说明,再豪华的宴会也没有自己的家舒服。

宙斯做判官

宙斯命令赫耳墨斯在贝壳上把人间所有的罪恶都记录下来,放到他旁边的箱子里,让他来裁决对每个人的惩罚。然而箱子里的贝壳都相互混杂在一起,所以宙斯拿到的贝壳有先有后,但是总归是要拿到的。

这个故事是说,人们不必因为那些恶事和坏人没有及时地受到惩罚而不愉快。古人说,善有善报,恶有恶报,不是不报,只是时候未到。

赫拉克勒斯与雅典娜

赫拉克勒斯经过一条狭窄的路时,看到地上有一个十分像坚果的东西。他想用脚去踩碎它,突然觉得那个东西变大了两倍,于是他更加用力地去踩,到后来用大木棒去打。结果那个东西越胀越大,把路都堵塞了。他扔下木棒,不知所措地站在那里。这时,雅典娜来到他的面前,说:"兄弟,住手吧,不要与人争斗和对抗。假如你不去理睬那东西,它就会平平安安地停放在那里,仅有坚果那样大。要是与它争斗和对抗,它就会膨胀得巨大。"

这个故事是说,生活中需要和平共处,争斗和对抗往往会带来更大的灾难。

赫拉克勒斯与财神

赫拉克勒斯被承认为神以后,宙斯为他设宴庆贺。在宴会上,赫拉克勒斯热情友好地向众神们一一问好。最后,当财神走进来时,他却转过身去,背对着财神,低着头看地板。宙斯对此觉得非常奇怪,就问他为什么和其他神都高高兴兴地打招呼,唯独对财神却另眼相看。他回答说:"我之所以对他另眼相看,是因为在人间,总看到他和坏人在一起。"

这个故事是说,许多有钱人的财富往往是不义之财。

英雄

有个人在家里供奉着英雄,经常不断地把昂贵的物品祭献给英雄,所用的祭品花去了他许多钱财。一天,英雄在夜里对他说:"喂,朋友,不要再浪费你的钱财了。你都花完了,就会变成穷人的,那时你就会怨恨我了。"

这个故事是说,许多人因为自己的无知遇到了不幸,却把这个原因归咎于神。

宙斯和猴子

宙斯通知林中所有的野兽,许诺给推选出来的拥有最漂亮孩子的野兽发奖。猴子和其他野兽一起来到宙斯那里,她以慈祥的母爱,带着一只扁鼻无毛、相貌丑陋的小猴子,前来参加评奖。当她把小猴子带给大家看时,引起了一阵哄堂大笑。但是她坚定地说:"我不知道宙斯是否会把奖发给我儿子。但是至少有一点我十分清楚,在他母亲的眼里,这个小猴子是最可爱的、最漂亮的、最活泼的。"

这就是说,不管孩子漂亮还是丑陋,优秀还是平庸,在自己母亲的眼中总是最好的。

世界经典文库

世界二十大名著

伊索寓言

图文珍藏版

驴子与蝉

驴子听见蝉在唱歌,被美妙动听的歌声打动了,自己也想发出同样悦耳动听的声音,便羡慕地问他们吃什么东西,才能发出如此美妙的声音。蝉回答道:"吃露水。"于是驴子就只吃露水,没多久就饿死了。

这个故事告诉人们不要奢望非分之物。

狐狸和樵夫

狐狸为躲避猎人们的追赶而逃窜,恰巧遇见一个樵夫,便请求让他躲藏起来,樵夫叫狐狸到他的小屋里躲着。不一会儿,许多猎人赶来,向樵夫打探狐狸的下落,他嘴里一边大声说不知道,又一边做手势,告诉他们狐狸躲藏的地方。猎人们相信了他的话,也没留意他的手势。狐狸见猎人们都走远了,便从小屋出来,什么都没说就走。樵夫责备狐狸,说自己救了他一命,连一点谢意都不表示就走。狐狸回答说:"如果你的手势与你的语言是一致的话,我就该好好地感谢你。"

这故事讽刺了那些嘴里说要做好事,而行为上却作恶的人。

狼与逃进神庙的小羊

一只小羊被狼追赶，逃进一个神庙里。狼对小羊说，你若不赶快出来，祭司会抓住你，把你献给神的。小羊回答说："我宁愿献给神，也比献给你好。"

这故事说明，即使要死，也应选择有价值的死。

口干舌燥的乌鸦

一只乌鸦口渴得要命，飞到一只大水罐旁，水罐里没有多少水，他想尽了办法，仍喝不到。于是，他就使出全身力气去推，想把罐推倒，倒出水来，而大水罐却纹丝不动。这时，乌鸦想起了他曾经使用的办法，用口叼起石子投到水罐里，随着石子的增多，罐里的水逐渐地升高了。最后，乌鸦终于喝到了水，解了渴。

这故事说明，智慧往往胜过力气。

小蟹与母蟹

母蟹对小蟹说："你偏要横爬,为什么不直着走?"

他答道:"妈妈,请您亲自教我直走,我将照着您的姿势走。"可母蟹根本就不会直走,于是小蟹说她笨。

这就是说,教育者本身只有正直地生活,正直地走,才能去教导别人。

骆驼与宙斯

骆驼见牛炫耀自己漂亮的角,羡慕不已,自己也想长两只角。于是,他来到宙斯那里,请求给他加上一对角。宙斯因骆驼不满足已有的庞大身体和强大的力气,还要妄想得到更多的东西,气愤异常,不但没让他长角,反而把他的耳朵砍掉了一大截。

这故事说明,许多人因为贪得无厌,一见别人的东西就眼红,不知不觉中连自己已具有的东西也没保住。

独眼的鹿

有头只有一只眼的鹿,在海边吃草,他用这只眼睛盯着陆地,防备猎人的攻击,而用坏了的那只眼对着大海,他认为海那边不会有什么危险发生。不料有人乘船从海上经过这里,看见了这头鹿,一箭就把他射中了。他就要咽气的时候,自言自语地说:"我真是不幸,我防范着陆地那边,而我所信赖的大海这边却给我带来了灾难。"

这故事是说,事实往往与我们的预料相反,认为是危险的事情倒很安全,以为安全的却更危险。

世界经典文库

世界二十大名著 伊索寓言

图文珍藏版

生金蛋的鹅

从前有个人养了一只鹅,鹅生下一只美丽的金蛋。那人认为鹅肚里肯定有金块,不然的话,怎么会有金蛋呢,于是,就把鹅给杀了,结果发现它与别的鹅没有什么区别。他贪婪地希望能够得到更多的财富,却把微小的利益失去了。

这故事说明,人们应该满足于现有的东西,切不可贪得无厌,杀鸡取卵。

狮子和海豚

有一天,狮子在海滩上游荡,突然看见海豚跃出水面,于是就劝他与自己结为同盟,说我们是一对最好的搭档,一个是海中动物之王,另一个是陆地兽中之王。海豚非常高兴地答应了。不久,狮子和野牛展开了一场激烈的斗争,狮子请求海豚助他一臂之力。尽管海豚想出海助战,却因为自己不能上陆地而未能帮助狮子,狮子就指责他背信弃义。他回答说:"不要责备我,去责备自然吧!因为是它让我在海里生活,我没有办法去到陆地上。

这就是说,我们结交盟友,应当选择那些能共患难的人。

号　兵

很久以前,有个号兵,正当他在吹集合号时,不幸被敌人抓住了,他大声叫道:"各位,请不要无缘无故地杀掉我。因为我没有杀害你们其中的任何一个人,我除了这把铜号以外,没有其他任何武器。"敌人却对他说道:"正因为这样,你就更应该被我们杀掉,你自己虽没攻打我们,但你召集所有士兵来攻打我们。"

这故事说明,人们更痛恨那些怂恿他人作恶的人。

夜莺与鹞子

夜莺在一棵大树上站着,像往常一样他正在唱歌。饥饿的鹞子看见她后,突然猛飞过去将她抓住。夜莺在临死之前,请求鹞子饶了她,说她难以充满鹞的肚子,如要彻底解决饥饿,应当去捕捉一只更大的鸟。鹞子却回答说:"若我放弃了手中现成的食物,再去追求看不见的东西,那我岂不是傻瓜了吗。"

这故事讽刺了那些为贪图更大的利益,而放弃已到手的东西的愚蠢人。

夜莺与燕子

燕子劝说夜莺，让他像自己一样和人住在一起。夜莺回答说："我不愿意回忆起我以前的痛苦，因此我更愿住在田野里。"

不幸受过痛苦的人，总是躲避以前发生痛苦的地方。

做客的狗

一天，有个人大摆筵席，招待他的亲戚朋友们。因此这人家里的狗也高兴地跑去请另一只狗，说："朋友，快走，请你和我一起去赴宴吧。"那条狗也兴高采烈地跑来，见到如此丰盛的筵席，他心里暗暗地说，"太好啦！真想不到天底下还有这么多好吃的！今天让我饱吃一顿，明天我的肚子就不饿了。"他独自暗暗地窃喜，不停地摇着尾巴，十分相信地看着他的朋友。正在这个时候，厨师看见狗尾巴怎么会在那里四处乱摇，就立刻跑去抓住了他，把它从窗口扔了出去，那狗被摔得大声叫唤，惊慌地跑了回去。路上别的狗遇见他，都问他："朋友，宴会怎么样呀？"他回答道："我喝得太多了，已经醉了，所以我记不清回去的路了。"

这故事说明，对那些慷他人之慨的人是不可信任的。

青蛙求王

青蛙们因没有国王,大为不快。于是,他们决定派代表去拜见宙斯,请求给他们一个国王。宙斯看到他们如此蠢笨,就将一块木头扔到池塘里。青蛙最初听到木头落水的声音吓了一大跳,立刻都潜到池塘的底下去了。后来当木头浮在水面一动不动时,他们又游出水面来,终于发现木头没什么了不起的,大家爬上木块,坐在它的上面,开始时的害怕都忘得一干二净。但他们觉得有这样一个国王很没面子,又去求见宙斯,请求给他们更换一个国王,说第一个国王太迟钝了。宙斯感到十分生气,就派一条水蛇到他们那里去。结果青蛙都被水蛇抓去吃了。

这故事说明,迷信统治者,不相信自己的力量,只能受制于人,招致灾难。

驴子、狐狸与狮子

驴子和狐狸俩合伙去打猎。突然他们遇到了狮子,狐狸见大事不妙,马上跑到狮子面前,许诺将驴子交给他,只要能使自己免于危险。狮子答应道:"可以,"狐狸就引诱驴子掉进了一个陷阱里。狮子见驴子没办法再逃跑,便立即先抓住狐狸吃了,然后再准备去吃驴子。

这是说，那些出卖朋友，背叛友谊的人最后是得不到好下场的。

债台高筑的雅典人

在雅典有一个欠债人，债主三番五次来催他归还拖欠的钱，他总是说没钱，请求延期。因为债主不答应，他迫不得已只好把家中仅有的母猪赶出来，当场出卖。买主走上前来，问这猪还能下小猪崽么。他回答说，她不但能下小猪崽，而且还会下得很多，她是一头不同寻常的猪，因为她在土地女神节会生下些小母猪，在雅典娜节会生下些小公猪。买主听了这话大为吃惊。债主说道："这一点都不奇怪，因为她在神节还会为你生些小山羊哩。"

这故事说明，有些人为了自己的利益，会不惜为不可能的事情作伪证。

狮子和野驴

狮子和野驴一起到外面去打猎，他们俩各自都有优点，狮子力气大，而野驴跑得快。这天他们抓获了好多野兽。狮子就把猎物分开，堆成三份，说道："这第一份是我的，因为我是王。第二份也应该是我的，把它算作我和你一起合作的报酬。至于第三份呢？如果你不想逃走的话，也许会对你有大害。"

这是说，人们对自己的力量和能力必须实事求是，正确估量，不要去和比自己强大得多的人交际和合作。

驴子和驴夫

驴子被驴夫赶着上路了,刚走了一会,他们就离开了平坦的大路,沿着陡峭的山路走去。当驴子快要滑下悬崖的时候,驴夫一把抓住他的尾巴,想要把他拖上来。可是驴子却拼命挣扎,驴夫把手松开了,说道:"让你得胜吧!但那将是一个悲惨的胜利。"

这故事说明,事事争胜好斗不会有好下场。

老鼠与黄鼠狼

老鼠同黄鼠狼作战。而每次老鼠总是被打败,老鼠聚在一起商量,他们认为是因为没有将领所以屡次失败,于是他们举手表示选举几只老鼠来做将领。这些将帅想要使自己显得与众不同,就做了一些角绑在自己头上。作战又开始了,结果老鼠再次被打败。别的老鼠很容易就逃进了洞里,而那些将领因头上有角不能钻进去,全都被黄鼠狼吃掉了。

这是说,对于大多数人来说,虚荣往往是不幸的根源。

鹿与葡萄藤

有只鹿为逃避猎人的追捕,躲藏在葡萄藤底下。猎人刚刚从旁边走过去不远,鹿就以为躲过了危险,便毫无顾忌地开始吃那茂盛的葡萄叶子。叶子沙沙地抖动着,猎人们马上掉回头来,觉得叶子底下好像躲着什么动物,一箭就把鹿射中了。鹿在临死前说:"我真是该死,因为我实在不应该去伤害救我的葡萄藤。"

这个故事说明,那些恩将仇报的人终将会受到神的惩罚。

篱笆与葡萄园

一个愚蠢的年轻人继承了父亲的家业。他把葡萄园四周所有的篱笆都给砍掉了,因为他认为篱笆不能结葡萄。篱笆被砍掉以后,人和野兽都能随意侵入葡萄园。没过多久,所有的葡萄树全都被毁坏了。那个蠢家伙看到如此情景,才恍然大悟:虽然篱笆不能结出一颗葡萄,但它们可以保护葡萄园,它和葡萄树一样是同等重要的。

这个故事是说,红花虽好,还需要绿叶扶持。

迈安特洛斯河边的狐狸

有一天,众多狐狸聚集在迈安特洛斯河边,想要喝河里的水。但是因为河水水流特别急,他们互相只是说说而已,谁也不敢跳下河去。其中有一只狐狸,嘲笑同伴胆小,为了显示自己要比他们勇敢,他壮着胆子跳入河中。湍急的河水一下子就把他给冲到了河心,站在河边的狐狸对他说:"请不要离开我们,快回来,告诉我们从哪里可以安全下去喝水吧。"那只被水冲走的狐狸却回答说:"我想把一封寄往米利都的信送到那里去,等我回来后我再告诉你们吧。"

这就是说,那些喜欢卖弄自己、自我吹嘘的人常常会给自己招来不幸。

吹牛的运动员

有个运动员因为经常在参加比赛时缺乏勇气,而被人们指责,只好出外去旅行。过了些日子,他回来后,大肆吹嘘说,他在别的很多城市多次参加竞赛,勇敢超人,在罗德岛曾跳得很远,连奥林匹克的冠军都无法与他抗衡。他还说那些当时在场观看的人们如果能到这里来,就可以为他作证。这时,旁边的一个人对他说:"喂,朋友,假如这一切是真的,根本不需要什么证明人。你就把这里当作是罗德岛,你跳吧!"

这个故事说明,用事实容易就近证明的事,说得再多也是多余的。

狼与马

狼路过一处田地,看到地里有很多大麦。虽然黄澄澄的招人喜爱,但是狼不吃大麦,只好走开了。没走多远,就碰见一匹马,他把马领到田里,告诉马这些大麦他自己舍不得吃,特意给马留着的,因为他喜欢听马吃草时牙齿所发出的美妙声音。马回答说:"喂,朋友,如果你能够以大麦为食料,你就未必喜欢听我吃草的声音,而不顾及你的肚子了。"

这个故事说明,那些本性恶劣的人,尽管向人们报告最好的消息,也是别有用心的,人们是不会相信的。

老狮子

一头年老体衰的狮子病得有气无力,奄奄一息地躺在地上。一头野猪冲到他身旁,恶狠狠地咬他,报复狮子以前对他所造成的伤害。过了一会儿,一头野牛也用角来顶他,把狮子视为可恨的仇敌。当驴子看到谁都可以对这庞大的野兽为所欲为时,也用他的蹄子用力去踢狮子的头部。这头快要断气的狮子说:"我已经勉强忍受了勇者的施暴,但是还得含羞忍受你这个小丑的侮辱,我真是死不瞑目。”

这就是说，无论自己过去多么辉煌，都难以避免辉煌失去后别人的不敬与报复。

肚胀的狐狸

一头饥饿的狐狸四处寻食，他看到树上的洞穴里有牧人遗留的面包和肉，就马上钻进去吃。把肚子吃得胀鼓鼓的，他费了九牛二虎之力，却怎么也钻不出来，就在树洞里唉声叹气。另一只狐狸碰巧经过那里，听到了他的呻吟声，就走过去问他原因。当他听明白缘由后，就对他说道：“那你就老老实实呆在里边吧，等到恢复你钻进去的样子时，就很容易出来了。”

这个故事说明，时间能够解决许多困难问题。

赫耳墨斯与雕刻家

赫耳墨斯想要知道人们对他有多尊重，就化作一个凡人，来到一个雕刻家的店里。他看到宙斯的像，就问多少钱。雕刻家回答说：“一块银圆。”他又笑着问赫拉的像要多少钱。雕刻家说：“那个要贵些。”当他看到了自己的像时，心想自己身为神的使者，又是招财进福的神，应该标出高价吧。赫耳墨斯就指着自己的像,问需要多少钱,雕刻家答道:"如果你买了刚才那两个,我就把这个做零头,白送给你吧。"

这个故事说明,那些爱慕虚荣的人,往往被别人看不起。

天文学家

有一位天文学家习惯每天晚上都出去观察星象。有一天,他来到郊外聚精会神地观察天空,一不留神掉进一口井里。他大声叫喊起来。附近的人听到他的呼叫声后,走过来弄清楚了情况,就对他说:"喂,朋友,你用心观察天上的东西,却没有看到地上的事情。"

这个故事是说,人首先要做好地上的最普通的事,才谈得上天上的高深的事。

赫耳墨斯与忒瑞西阿斯

赫耳墨斯想要试验一下忒瑞西阿斯的预言是否灵验,就从牧场偷走他两头牛,再变化成一个凡人,进城去找他,来到他家做客。当忒瑞西阿斯得知牛被偷了,就带赫耳墨斯来到郊外,观察有关偷盗的征兆,并且对赫耳墨斯说,如果看见了什么鸟就赶紧地告诉他。当赫耳墨斯看到一只鹰从左边飞到右边去,就马上报告他。忒瑞西阿斯却说，这并不相干。随后赫耳墨斯又看到一只乌鸦飞到一棵树上，时而往上看，时而低头向下看，又跑过去报告他。忒瑞西阿斯于是说："乌鸦向天地神发誓说，如果你愿意，我的牛就可以找回来。"

这个故事可以讲给偷窃的人听。

赫耳墨斯与手艺人

宙斯吩咐赫耳墨斯去给手艺人身上全部撒上说谎话的药。药研制好后，他平均地撒在每个手艺人的身上。最后，只剩下了皮匠，但是仍留下很多药，他就拿着剩下的药全部撒在了皮匠身上。从那以后，手艺人都说谎，特别是皮匠更为厉害。

这个故事适用说谎的人。

赫耳墨斯的车子与亚剌伯人

有一天，赫耳墨斯赶着一辆满载说谎、欺骗、讹诈的车子，到世界各地去旅行，每到一处就将车上所载的东西分给众人。据说，当他走到亚剌伯人的国家时，那辆车突然坏了。亚剌伯人以为车上载着的都是贵重物品，就抢光了车里的所有东西，赫耳墨斯就不能再到别的地方去分发这些东西了。

这个故事是说,亚剌伯人是最会说谎的人,他们的嘴里没有一句真话。

宙斯与狐狸

宙斯赏识狐狸的聪明和狡诈,赐他做兽类之王。一天,宙斯想知道狐狸随着身份的变化,他贪婪的本性是否会有所收敛。当狐狸坐着轿子走过来时,宙斯扔下一只屎壳郎。屎壳郎围着轿子不停地飞,狐狸再也无法忍耐下去了,马上跳下轿子,想捉住他。宙斯十分气愤,就将狐狸贬回到原来的地位。

这个故事是说明,即使是穿上了最华丽的服装,坏人也不会改变他的本性的。

宙斯与人

宙斯创造了人,并吩咐赫耳墨斯把智慧灌入到他们的体内。他为每个人准备好了相等的智慧,然后再分别给他们灌上。身材矮小的人,很容易地就灌满了,成了聪明人;可是那些身材高大的,智慧只能灌到膝盖,根本不够,所以比别人愚蠢些。

这个故事适用于那些身体魁梧但缺乏头脑的人。

宙斯与阿波罗

宙斯和阿波罗争论谁的射术更高明。阿波罗用力张弓，射出一支箭，而宙斯却只迈了一大步就跨到了箭所落在的远处。

这个故事是说明，强中更有强中手。

嘶叫的鹞子

起初鹞子能发出一种很是动听的尖叫声。可当他听到马嘶叫后，觉得特别好听，十分喜欢，就不断使劲地去学马那样的嘶叫声。最终不但一点没有学会，而且连自己原来的叫声也不会叫了。

这个故事是说，那些好高骛远的人总是想要他本性以外的东西，到头来得不偿失，最后连他自己本来具有的东西也都丧失了。

捕鸟人与眼镜蛇

有个捕鸟人拿着粘鸟胶与粘竿到外面去捕鸟。他看到一只鸟栖息在一棵大树上，就想要把它捉住。于是，他接长了粘竿，仰着头专心致志地盯着高空中的那只鸟。就在他这样聚精会神时，不知不觉地踩着了一条躺在他脚前的眼镜蛇。蛇马上转过头来，狠咬了他一口。他中了蛇毒，在临死之前，自言自语地说："我真是倒霉，光想去捉那只鸟，不料自己却反遭其害，丢了性命。"

这个故事是说，那些想用阴谋陷害别人的人自己会先遇到灾难。

捕鸟人、野鸽和家鸽

捕鸟人布上网，把几只家鸽拴在网里，然后远远地躲在旁边看着。有些野鸽飞到家鸽旁边去，一下子就被兜在网里。当捕鸟人跑过去捉住野鸽时，野鸽责骂家鸽，说他们原本是同族，却不把这诡计预先告诉他们。家鸽回答说："对于我们来说，维护自己主人的利益比照顾自己的亲族更重要呀。"

这就是说，无须指责那些为了爱护自己的主人，而背叛亲族情谊的奴隶。

捕鸟人和鹳

　　捕鸟人布下了捕鹳的网，躲在远处等候飞来的猎物。一只鹳鸟和几只鹤一起飞进了网里，捕鸟人立刻跑了过去，把他们全都给捉住了。鹳鸟向捕鸟人恳求把他放了，说他对人是有益无害，他可以捕杀蛇和别的害虫。捕鸟人回答说："即使你并不算坏人，但是你和坏人们在一起，也应该受到惩罚。"

　　这就是说，人们应该避免和坏人交往，以免被别人怀疑同他们所干的坏事有关系。

捕鸟人和斑鸠

　　有一天，一个客人很晚来到捕鸟人家，这时，捕鸟人已经没有食物来招待客人，就跑去捉了那只自己驯养的斑鸠，想要把它杀了招待客人。斑鸠痛斥他忘恩负义，说自己曾经帮他招引来了许多和自己一样的斑鸠，令他得到那么多的利益，现在却要被杀掉。捕鸟人说道："这样就更应该杀了你，因为你连自己的同类也不放过呀。"

　　这个故事是说明，那些背叛自己亲人的人，不但为亲人们所憎恨，也为自己的主子所厌恶。

母鸡与燕子

母鸡发现了一个蛇蛋，小心翼翼地把它孵化，又细心地给它啄开蛋壳。燕子看到后，说："傻瓜，你为什么要孵化这个坏蛋呢？它一长大首先就会伤害到你。"

这个故事是说，尽管人们仁至义尽，那些本性恶劣的人也不会改好。

老马

一匹老马被人卖了去拉磨。当他在被套上轭时，悲伤地说："我从跑马场冲到了这样一个终点。"

这就是说，人也许到了老年时还是会遇到艰辛。

行人与真理

有个人在荒凉的野外赶路，他看见一个女人眼睛盯着地下，一个人站在路旁,于是走了过去问她,"你是谁?"她说:"我是真理。"然后行人又问道;"你为什么不住在那繁华热闹的城市,而住在这荒凉的野外呢?"她答道:"古时候,谬误只在少数人那里,可是现在你无论走到哪里都会听到谬误。"

这是说,当到处都充满谬误时,真理就远离人们无处置身了。

行人与赫耳墨斯

有个行人经过长途跋涉后,发誓说,如果找到什么东西一定会献给赫耳墨斯一半。他果然发现了一只装有杏仁和干果的袋子,心想袋里一定有银子,立刻捡了起来。他把袋里所有的东西都倒了出来,发现袋里只有一些吃的东西,根本就没有银子,于是他吃了起来,然后抓着杏仁壳和果子核放到祭坛上,说道;"赫耳墨斯,请接受我所许诺的东西吧! 现在我把它们连里带外全都献给你了。"

这故事是说,那些贪心不知满足的人连神都要欺骗。

行人与幸运女神

有个行人长途跋涉后,精疲力尽地倒在井边睡着了。当他几乎要掉到井里时,命运女神叫醒了他,说:"喂,朋友,你如果掉到井里,一定会指责我,决不会怨自己的疏忽。"

这是说，许多人把由于自己造成的不幸，常常归之于命运。

宣誓之神

曾经有这样一个人，信任他的朋友把钱寄托在他那里，请他帮着保管好，但他却想把这笔钱据为己有。朋友让他去宣誓，他心惊胆战，借故离开了家，向城外走去。当他走到城门口时，遇见一个跛脚的人出城，就问："你是谁？到哪里去？"那人回答："我是个宣誓神，到那些不尊敬神的地方去。"他又问："你什么时候再回到城里来？"他回答道："每四十年来一次，高兴时就三十年来一次。"第二天，这人毫不犹豫地跑去宣誓，说从来就没有帮朋友保管过钱。正在这时，他忽然遇见了那个宣誓神。当他被送到断头台上时，他指责宣誓神说："你明明说每三四十年回来一次，现在却宽容一天都不肯。"宣誓神回答道："但你该知道，只要有人惹怒了我，我当天就会赶回来。"

这故事说明，对于不敬神的人们来说，神的惩罚是不按时间的。

普罗米修斯与人

普罗米修斯遵照宙斯的命令，创造了人和动物。宙斯觉得动物太多，又命令普罗米修斯毁掉一些,把动物变成人。普罗米修斯执行了宙斯的命令。因此,有些原本不是人的动物虽经改做,仅具有人的外形,但内心却仍与动物一样。

这故事说的是那些人面兽心的家伙。

老鹰、猫和野猪

一只老鹰飞到一棵大橡树上筑造了巢。一只猫来到这棵树的树干上找了一个树洞,在那里生下了小猫。一只母野猪带着小猪住在这棵树树根的洞里。猫想独占这棵大树,便实行她的诡计。她先爬到老鹰巢边说:"你们真不幸啊!不久将要被毁灭,我们也非常危险。你不妨看看,那树下的野猪天天在挖土,想把这棵大树连根拔掉。只要树一倒下,他就可以轻而易举地把我们的孩子抓去,喂给他的孩子吃。"猫的这些话吓得老鹰心惊胆战,惊惶失措。接着,猫又爬下来,来到野猪洞里说:"你的孩子们十分危险,只要你一出去为小猪找食物,树上的老鹰就会把小猪叼走。"猫又狠狠地吓唬了野猪一番后,假装自己也很害怕,躲进了她的树洞。到了晚上,她偷偷地跑出去给自己和孩子寻找食物。白天,她仍然装出一副恐惧的样子,整天躲在洞口守望着。于是,老鹰害怕野猪,静静地在枝头上坐着,不敢乱飞;野猪也害怕老鹰,不敢离开树洞。后来,老鹰和野猪以及他们的孩子都被饿死了。猫和她的孩子便把老鹰和野猪作为自己的食物了。

这故事说的是那些挑拨离间的恶人。

乌鸦与蛇

有一只饥饿的乌鸦四处找食,突然,他看见有一条蛇正熟睡在温暖的阳光下,便猛飞下去把他抓住。惊醒的蛇回过头来,咬了他一大口。乌鸦临死时说:"我真不幸!我虽找到了这样可口的好食物,却丢掉了自己的生命。"

这故事是说,有些人为了四处找宝,不惜用生命去冒险。

驴子和马

驴子请求马给他省一点饲料。马说:"好,为了显示出我高贵的尊严,要是我吃不完,那么你就吃剩下的。晚上我回自己的厩中时,你如果能过来,我就会给你满满的一小袋麦子。"驴子回答道:"谢谢你,我是不会相信你的。现在你连一点饲料都不给我,过一会儿怎么能够给我更大的好处呢?"

这就是说,别相信那些吝啬鬼假惺惺的许诺。

马和驴

有一匹马,他正在路上炫耀自己精美的马饰,忽然遇到了一头驮着许多货物的驴子。因为货物太重,驴子只能慢慢地让开路。于是马傲慢地说:"我恨不得想用脚踢你。"驴子一点都不和他计较,只是默默地请求神的保佑。过了不久,那匹马患了重病,被主人送回农庄来。驴子看见拖着粪车的马,就讥笑他说:"骄傲的东西,你那华丽的马饰现在到哪里去了?你怎么会变成这么一副倒霉相?"

这故事是说人们不能因一时荣华富贵而不可一世。

苍蝇和拉车的骡子

一只苍蝇在四轮车的车轴上叮着,他对拉车的骡子说:"你为什么要走这么慢!怎么不跑快一点?看来我一定要叮咬你的颈部了。"骡子说:"我不会害怕你的恐吓,我只是注意坐在你上面的那个人,他会用鞭子使我加快步伐,用缰拉我的头调整方向。你快滚开吧!别再烦我了,我知道什么时候该快,什么时候该慢。"

这故事是说不要自以为是,去做那些超越自己范围的事。那样,只会让别人厌恶。

顽皮的驴

一头驴子爬到了屋顶上,并且在那里跳起舞来,将屋上的瓦片踩得粉碎。主人马上爬了上去,把他从屋顶上赶下来,并用一根粗木棍狠狠地打了它一顿。驴子说:"为什么呀?我昨天看见猴子也是这样子的,你们大家很开心,它的表演几乎使你们那么高兴。"

这故事是说那些不顾自身条件的人会遭到别人的嘲笑。

买驴子的人

有个人到集市上买了一头驴子,想要牵回去试一试。于是他把驴牵到自己的马当中,并让驴子站在马槽前。那驴子来到一头好吃懒做的驴子旁边。于是,买驴的人马上给那头驴套上辔头,牵回去还给了驴的卖主。卖主问:"你这个方法行吗?"那人回答道:"不用怀疑了,依我之见,自己是什么样子选择的朋友就是什么样。"

这是说,物以类聚,人以群分。

野驴和家驴

野驴看见家驴舒舒服服在阳光充足的地方躺着,就走了过去,夸奖他身强力壮,还能吃到美味的食物。后来,野驴看见家驴驮着沉重的货物正在赶路,驴夫还跟在后面用棍棒边打边赶,野驴说:"我这会不再觉得你幸福了,我看得出,不遭受那百般痛苦是得不到那种享受的。"

这是说,人们不必去羡慕那付出沉重代价所得到的利益。

狼与驴子

有条狼被选为狼的首领。为了预防狼互相争食打架,他规定了法律,先把各自猎得的食物都集中起来,再平均分给大家,这时一头驴子走过来,他慢腾腾地摆着鬃毛说:"从狼的脑袋里竟想出了一个好主意。可为什么你自己不把昨天猎得的食物拿出来一起分享呢?"驴子把狼说穿了,就把那法律废除了。

这是说,有些规定公正法律的人,经常自己不遵守所规定的法律。

牧羊人与小狼

牧羊人拾到了几只小狼崽子,于是就很细心地抚养他们,心里想如果把他们养大后,不仅可以保护自己的羊群,还可以去将别人的羊也抢过来。但没想到那些小狼崽长大以后,寻找机会首先咬死了牧羊人自己的羊。牧羊人叹息地说:"我真活该!狼都该杀死,我为什么还去喂养这些小狼崽呢?"

这就是说,帮助坏人无疑是帮助他们干更多的坏事,而且遭殃的首先就是自己。

牧羊人与狼

牧羊人捡了一只刚刚才出生的狼崽子,就把它带回家去,和他的狗喂养在一起。这只小狼长大以后,它经常与狗一起追赶那些来叼羊的恶狼。有一次,狗没追上狼,就回家去了,而这只狼却继续追赶,等追上以后,就和那些狼一起分享了羊肉。从那以后,有时并没有狼来叼羊,而它也偷偷地咬死一只羊,和狗一起分享。后来,牧羊人发觉了它的行为,就把它吊死在树上。

这故事说明,恶劣的本性难以改变。

牧羊人与狼崽

有一天，牧羊人发现了一只小狼，便带回家去喂养。等小狼长大后，牧羊人教它怎样去偷抢附近别人家的羊。已驯化的狼对牧羊人说："你要是让我养成了偷抢的习惯，那最好首先请你看守好自己的羊，别丢失了。"

这就是说，促使别人干坏事，首先遭殃的是自己。

野驴和狼

有一天，野驴不小心被刺扎伤了脚，他走起路来一瘸一拐的，十分痛苦。这时候，一条狼看到了受伤的野驴，想要吃掉这唾手可得的猎物。野驴请求他说："你帮我把脚上的刺拔出来，消除我的痛苦，叫我毫无痛苦地让你吃。"于是，狼用牙齿把刺拔了出来，野驴的脚不再痛了，这时，他的脚也有力气了，就抬起脚来把狼给踢死了并逃到其他地方，保住了自己的性命。

这故事说明，对有些人行善，不仅得不到好处，还会遭到不幸。

小羊羔和狼

狼追赶小羊羔，小羊羔逃进一座庙中躲藏。狼叫他出来，并向他大喊："要是和尚捉住你了，会把你杀了去祭神。"羊羔回答道："在庙中祭神，总比让你吃掉好得多。"

这就是说，无论遭到什么样的危险，也比死在恶人手中好。

狼医生

驴子正在牧场中吃草，这时，有一只狼向他跑来，他看见了，便装出瘸腿的样子。狼走过来以后，问他脚怎么啦。他说越过篱笆时，被刺扎伤了脚，请狼先把刺拔掉，然后再吃掉他，免得刺扎伤了狼的喉咙。狼信以为真，就抬起驴的腿来，全神贯注地认真检查驴的蹄子。这时，驴子用脚对准狼的嘴使劲一蹬，踹掉了狼的牙齿。狼非常痛苦地说："我真活该！父亲教我做屠户，我为什么要去做医生呢？"

这就是说，那些不安分守己的人往往会遭到不幸。

狼与狗打仗

有一次,狼与狗宣战。把一只希腊狗选做狗将军,而他却迟迟没有应战,狼就不断地威胁他们。希腊狗说道:"你知道我为什么犹豫不决吗?我告诉你吧!战前谋划至关重要。狼的种类和毛色几乎是相同的,而我们的种类却不同,性格也不同,再加上我们有五颜六色的毛色,有黑色的,有红色的,还有的是白与灰色。带领了这些完全不能统一的狗,如何能去应战呢?"

这是说,人们必须团结一致、一心一意,才能够战胜敌人。

朋友与熊

非常非常要好的朋友一起上路。途中,突然遇到一头大熊,其中的一个立即闪电般地抢先爬上树,躲了起来,而另一个眼见逃生无望,便灵机一动马上躺倒在地,紧紧地屏住呼吸,佯装死了。因为他知道熊从来不吃死人。熊走到他跟前,用鼻子在他脸上嗅了嗅,转身就走。躲在树上的人下来后,问熊在他耳边说了些什么。那人委婉地回答说:"熊告诉我,今后千万注意,别和那些不能患难与共的朋友一起同行。"

这故事说明,不能共患难的朋友不是真正的朋友。

被围在牛栏里的鹿

一只鹿被猎狗追赶得很急，跑进一个农家院子里，惶恐不安地混在牛群里躲藏起来。一头牛好意地告诫他说："喂！不幸的家伙！你为什么要这样做呢，你把自己交到敌人手中，这不是自投罗网吗？"鹿回答说："朋友，只要你允许我暂时躲在这里，我就会寻找机会逃走的。"到了傍晚，牧人来喂牲口，他们并未发现鹿。管家和几个长工经过牛栏时，也没注意到牛栏里有鹿。鹿庆幸自己平安无事，便向那头好意劝告过他的牛表示衷心的感谢。另一头牛说："我们虽然想保护你，但现在还不能完全放心。因为另外还有一个人要经过牛栏，他对于一切都十分留心。只要他过去后，你的性命就有了保证。"这时，主人进来了，一边埋怨牛饲料分配不好，一边走到草架旁大声说："怎么搞的，只有这么一点点草料？牛栏里的草也不够一半。这些懒鬼连蜘蛛网也没打扫干净。"当他在牛栏里走来走去检查每样东西时，发现鹿角露出在草料上面，便叫来人捉住这只鹿，把他给杀掉了。

这就是说，在逃避一种危险的同时，不要忽视另一种危险。

烧炭人与漂布人

一位烧炭人正在一所房子里经营，看见有一个漂布人搬迁到他的旁边来住时,便满怀高兴地走上前去邀请他与自己同住,并解释说这样就会彼此更亲密,更方便,还更省钱。漂布人回答说:"虽然你说的是真话,但根本不可能办到,因为凡我所漂白的,都会被你弄黑。"

这故事说明,不同类的人就很难相处在一块。

狮子、驴子与狐狸

狮子、驴子和狐狸商量好一起去打猎,他们捕获了许多野兽,狮子叫驴子把猎物分分。驴子把猎物平均分成三份,请狮子自己挑选,狮子勃然大怒,猛扑过去把驴子吃了。狮子又命令狐狸来分。狐狸把所有的猎物都堆在一起,仅留一点点给他自己,然后请狮子来拿。狮子问他,是谁教你这样分的,狐狸回答说:"是驴子的不幸。"

这故事说明,我们应该从别人的不幸中吸取经验和教训。

驴子与小狗

有户人家养着一只狗和一头驴子,主人常同狗一起嬉戏。有一天,他外出吃饭,带回一些食物给狗吃。狗高兴得摇着尾巴迎了上去。驴子非常羡慕,于是也蹦蹦跳跳地跑了过去,结果不小心踢了主人一脚。主人十分气愤,痛打了驴子一顿,并把它拴在马槽边。

这故事说明,同样的事情不一定适合所有的人。

风与太阳

北风与太阳为谁的能量大而争论不休。他们议定,谁能使行人脱下衣服,就说明谁的能量大。北风一开始就猛烈地刮,路上的行人纷纷紧裹自己的衣服,风无可奈何,只好刮得更猛。这时行人冷得发抖,只好添加更多衣服。风刮厌倦了,便让位给太阳。太阳最初把温和的阳光洒向行人,行人脱掉了添加的衣服,太阳接着把强烈的阳光射向大地,使得行人们汗流浃背,渐渐地忍受不了了,只好脱光衣服,跳到旁边的河里去洗澡。

这故事说明,劝说往往比强制更为有效。

树和斧子

有个人他来到森林里,请求大树给他一根木当作斧子柄。大树答应了他的请求,给他一根小树枝。他用小树枝做成斧子柄,完好的装在斧子上,接着抡起斧子就砍起树来。他很快就把森林中最贵重的大树砍倒了。一棵老橡树悲伤地看着同伴们被砍毁,无能为力,他对身旁的柏树说:"我们是自己先葬送了自己。如果我们不给他那根小树枝,他就没法砍伐我们,这样我们能永久地站立在这里。"

这就是说绝不能帮助对自己造成威胁的对象,哪怕是一个小小的帮助。

小母牛与公牛

小母牛看到公牛在辛苦地干活,十分同情他。可是祭祀时,主人家不用公牛,却捉住小母牛去宰杀。这时,公牛笑着对她说:"喂,小母牛,正因为你要被作为祭品,所以你才什么活都不用干。"

这个故事说明,危险专等着那些游手好闲的人。

秃头武士

有一个秃头的武士,头戴着假发,骑着马飞奔去打猎。突然,一阵风把他的假发给吹跑了,他的同伴都情不自禁地放声大笑起来。秃子勒住马说:"这个假发本来就不是我的,从我头上飞去,又有什么可感到奇怪呢?这个假发不也是早已离开了那生长它的原主人吗?"

这个是说,人们不必为那些突然失去的东西所苦恼。原本不是你的东西想留也留不住,是你的就终归是你的。

狐狸和鹤

狐狸请鹤来吃晚饭。但是他并没有诚心诚意地准备些什么饭菜来款待客人，仅仅只用豆子做了一点汤，并把汤倒在一个很浅很浅的石盘子中，鹤每喝一口汤，汤就从他的长嘴中流出去，怎么也吃不到。鹤十分苦恼，狐狸却非常开心。后来，鹤回请狐狸吃晚饭，他在狐狸面前，摆了一只长颈小口的瓶子，自己很容易地把头颈伸进去，从容地吃到瓶里的饭菜，而狐狸却一口都尝不到。狐狸得到了应得的回报。

这是说要想让他人尊重自己，自己首先必尊重他人；同时，告诉我们，对待那些不尊重他人的人，最好的办法是以其人之道还治其人之身。

斑鸠与人

有个人捕捉到了一只斑鸠，想要杀死他。斑鸠请求人的赦免，并说："请饶恕我吧，我会帮助你捉到更多斑鸠。"那人说道："那你更需要被杀，不然你的亲戚朋友将会遭受到你的陷害。"

这个故事是说，那些想用阴谋诡计加害亲人的人，必将先受到正义的惩罚。

牧人与野山羊

牧人把羊群赶到牧场去放牧，看到有几只野山羊混杂在羊群里。傍晚，他将所有的羊都赶进羊圈。第二天，暴风雨大作，牧人无法到牧场去放牧，只好在羊圈里饲养羊群。他丢给自己的羊一点点食料，只限于不致饿死，但为了想把外来的那几只野山羊留下，变成为自己的羊，他却给他们许多食料。雨停之后，牧人把所有的羊都赶向牧场，来到山下时，那些野山羊全都逃跑了。牧人指责他们忘恩负义，得到了特殊照顾，却仍然要逃走。野山羊回过头来说："正是因为这样，我们更加要小心谨慎了。因为你只特殊照顾我们这些昨天刚来的，而过于冷淡地对待你以前一直饲养的。这不难预见，今后要是再有其他的野山羊来，你一定又会冷落我们去关爱他们。"

这个故事说明，那些喜新厌旧的人的友谊是不可信的。因为即使同他相交很久，他一旦有了新交，就会冷落旧交的。

蒙难的人与海

有个在海上遇难的人被冲上海岸，他躺在地上，因极度疲劳而睡着了。不一会儿，他坐起来，看着大海，指责大海总是以平静、温和的外表引诱人们。当人们上当后，大海就变得凶暴和残忍，最终把人们给毁灭了。这时，海变成一个女人对他说："喂，朋友，你为何要责怪我？应该责怪风！我本是非常平静的，可是风忽然猛刮过来，卷起了惊涛骇浪，让我变得残暴了。"

这就是说，有些人惯于找借口，来推却自己的责任。

运神像的驴子

有个人把神像放在驴子背上，赶着进城去。只要是遇见他们的人都对着神像顶礼膜拜。驴子以为人们是在向它致敬，便洋洋得意，大喊大叫，再也不肯往前走了。驴夫见到这情形，明白了是怎么回事，马上狠狠地给他一棍，并骂道："喂，你这蠢东西，要等到人们给驴子鞠躬的时候还早得很哩！"

这个故事说明，那些依靠别人获得尊敬的人太不自量力了。

三只公牛与狮子

三只公牛在一起生活。有只狮子一心想要把他们吃掉，可是他们团结一致，狮子一直都没能得逞。狮子就进行挑拨离间，使得他们相互冲突，最后狮子趁着三头牛单独居住的时候，轻而易举地将他们一个个地吃掉了。

这个故事是说明，人们不要相信敌人的花言巧语，要相信你的朋友，保持团结。

女人与酗酒的丈夫

从前，有一个女人，她的丈夫好饮贪杯。她想帮助丈夫戒掉这个不良的恶习，就想出了一个办法。一次，她的丈夫大醉如泥，像个死人似的不省人事，她就把他背出去，放到墓穴里，然后回家了。估计丈夫快要清醒的时候，她便来到墓地，敲墓穴的门。墓里的人问："是谁在敲门？"她答道："我是给死人送吃的来的。"他说："喂，好朋友，请你不要再送吃的，还是先送点喝的来吧。没有喝的，真令我难受。"女人捶胸顿足，伤心地说："啊，我是多么的不幸呀！我挖空心思，结果一点效果都没有。老公呀，你不仅没有改好，反而变本加厉，你的嗜好已经变成了一种恶劣的习惯了。"

这个故事是说明，人不能沉湎于不良的嗜好中，即使你不是有意去做，可是习惯成自然，要戒除就非易事了。

女巫

有个女巫声称自己能念咒语，使众神息怒。她经常到处招摇撞骗，因此得到了不少酬金。但是后来有人控告她破坏神道，把她给抓到法庭，判处了死刑。

有人看到女巫被押赴刑场时,对她说:"喂,女人,你不是自称能平息神灵的愤怒吗,现在怎么连凡人的愤怒也都无法平息了呢?"

这个故事是说,有些人口口声声称自己能办大事,可是连一点小事也办不到。

胆小的猎人与樵夫

有个猎人搜寻狮子的足迹。他问一个樵夫,是否发现狮子的足迹。樵夫说:"我只看到狮子本身。"猎人吓得面如纸色,全身哆哆嗦嗦地说:"我仅是想搜寻它的足迹,并非要找狮子本身。"

这个故事是说,有些人的勇敢,仅仅是停留在口头上,而不是表现在行动中的。

金丝雀与蝙蝠

在窗口挂着一个鸟笼,笼里面关着一只金丝雀,他每天在夜里歌唱。蝙蝠听到后,飞过来问她为什么在白天默默无声,而在夜间却放声歌唱。金丝雀回答说,她这样做是有道理的,因为他是在白天唱歌时被捉住的,从此以后他变得谨慎了。蝙蝠说:"你现在才懂得谨慎已经没有用了,如果你在被捉住之前就懂得,那该有多好呀!"

这个故事是说明,不幸的事发生之后,后悔是没有用的。

黄鼠狼与爱神

黄鼠狼爱上了一个漂亮的青年,因此请求爱神把自己变为女人。爱神同情她的热情,把她变成了一个美丽多姿的少女。于是,那个青年人一看到她就爱上她了,带着她回自己家里去了。就在他们喜气洋洋地走进洞房时,爱神想要知道,黄鼠狼改变了外形后,习性会不会有所改变,因此她把一只老鼠放进了房子里。那个女人忘记了自己的身份,马上跳下床,去追老鼠,想要吃掉它。爱神看到这种情景,十分气愤,又把黄鼠狼变回原来的模样。

这个故事是说,一个本性恶劣的人,即使是改变了外形,本性仍然难以更改。

黄鼠狼与锉刀

黄鼠狼钻进一家铁匠的作坊,看到一把锐利的锉刀放在那里,他就去舔它。结果把自己的舌头刮破了,鲜血直流。但是他还以为舔下了一些铁,非常兴奋,终于把舌头全给舔掉了。

这个故事是说，那些好斗的人最终会害了自己。

小狗和青蛙

炎热的夏天，有一只小狗和它的主人一起赶路，它整整跑了一天，到了晚上，他昏昏沉沉地躺在池塘边潮湿的草地上睡着了。当小狗睡得正香的时候，池塘边的青蛙像往常那样，哇哇地叫了起来。它们的叫声把小狗吵醒了，小狗很不高兴。他心想：我要立刻跳到池塘边，狂叫几声，吓唬吓唬他们，他们就不可能再吵闹了，然后我再舒舒服服地睡上一觉。于是他接二连三地喊了几声，结果毫无作用，只好回到池塘边，十分气愤地说："我真是太愚蠢了，这些天生爱吵闹的东西怎么会变得文质彬彬，体贴他人呢？"

这故事是说，那些骄傲自大的人总是目空一切，为所欲为，不顾他人。

牧羊人与狗

有个牧羊人养了一条壮实的狗，他经常把那些死了的羊拿来给狗吃。有一天，羊群都回到圈里了，牧羊人却看见狗走近羊群，去抚弄它们，他便说："喂，伙计，你想要对羊做的事，也许会落在你头上！"

这故事适用于那些受到优待而还不知足的人。

世界经典文库

世界二十大名著 伊索寓言

图文珍藏版

猪与狗

猪与狗互相叫骂。猪向阿佛洛狄忒发誓,非要用牙齿把狗撕咬得四分五裂。狗却嘲笑他说:"你向阿佛洛狄忒发誓那太好啦,她特别痛恨你们这些愚蠢的猪,决不允许吃过猪肉的人进入她的圣庙。"猪回答说:"女神这样规定不是出于恨我,而正是对我的厚爱。她这样做是为了防备有人杀害我,吃我的肉。女神最痛恨的是你们,不管是死是活,都可以拿去祭祀。"

这故事说明,聪明的人把对手的非难巧妙地转化成对他的赞美。

鬣狗

据说鬣狗每年都要变换他们的性别,有时变成雄的,有时又变成雌的。有一天,一只雄鬣狗对雌鬣狗大发淫威。雌鬣狗说:"喂,伙计,你这样干,不久你也会遭受到这种侮辱。"

这故事说明,人们做任何事时都必须考虑别人,说不定有些事也会落到自己头上。

猪与狗关于生产的争论

猪与狗为了谁生产顺利大吵大闹,争论不休。狗说:"在四只脚的动物中,我生产的最短。"猪回答说:"或许你需要的时间最短,但你应该明白,你生的是瞎子。"

这故事说明,判定事物的好坏,不完全取决于速度,而要看本质的好坏。

小偷和狗

有只狗从小偷身边走过,这时,小偷赶紧将面包分成小块,不停地扔给狗吃。狗却对小偷说:"喂,你这个家伙,快滚开点! 我非常害怕你的这种好意。"

这故事是说,那些送厚礼的人必另有所图。

母狗和她的小狗

一条母狗快要生小狗了,她急忙地跑去请求牧人给她一个生产的地方。牧人答应了她的要求，接着她又让牧人给她一个地方抚养小狗，牧人也答应了。然而，当小狗长得身高体壮后，这条母狗竟对牧人说，对这块地方她有独占的权利，不准别人靠近。

这故事是说有些人总是贪得无厌，欲壑难填。

两只屎壳郎

在一个小岛上放养着一头牛，有两只屎壳郎靠着吃牛粪而生活。当冬季来临时，一只屎壳郎对另外一只说，他想马上飞到大陆去过冬，让另外一只单独留在岛上，这样食物就足够充饥了。他还说，要是他发现丰富的食物，就会带些回来。他飞到了大陆，发现有很多牛粪，还是稀的，就在那里停留下来过冬。冬天一晃就过去了，他又飞回到岛上。另一只屎壳郎看到他浑身油光发亮，长得又肥又壮，就责怪他不履行诺言，什么都没有带回米。他答道："请你不要责怪我，要责备就去责备那地方的自然条件吧，因为只能在那里吃，一点也不能带回来。"

这个故事是说不讲信用的朋友是不能信赖的。

河狸

河狸是生活在水中的四足动物。据说它的阴部可用于治疗某种疾病，因此当人们一看到它就去追赶，要把它捉住，把它的阴部割下来治病。当海狸知道被追赶的原因，就凭借腿的力量尽力逃生，来保护自己的身体。每当到它就快被捉住时，它就把自己的阴部撕下来，抛出去，这样就能够保全自己的生命。

这个故事是说，聪明的人宁愿抛弃财富，用来保全自己的生命。

苍蝇

一口盛着肉汤的瓦锅里掉进了一只苍蝇，他快要被淹死时，自己安慰自己说："我已经吃饱了，喝足了，洗过澡了，即使是死了我也不遗憾。"

这个故事是说明，人们容易忍受没有痛苦的死。

蚂蚁

很久很久以前，蚂蚁原本是人，他们有田可耕，有地可种。但是他们并不满足于自己的劳动所得，不愿意辛勤劳作，却非常羡慕别人的东西，常常去偷邻居的果实。宙斯对他们的贪婪感到非常地气愤，就把他们变成了现在称之为蚂蚁的小动物。虽然他们改变了模样，但本性却依然如旧，直到现在他们还是在别人的田里走来走去，拾捡小麦和大麦，贮存在自己的窝里。

这个故事是说明，那些本性恶劣的人，即使是受到了最严厉的惩罚，恶习也不会有所改变的。

蝉与狐狸

蝉在大树顶上鸣唱。狐狸想要吃掉他,于是想出了一个诡计。他站在树下,一会儿赞美蝉的歌声悦耳动听,一会儿又羡慕地看着蝉,认真地欣赏他的歌声,并且劝蝉下来,说他想要看一看究竟是什么样的动物才能够发出这么悦耳的声音。蝉识破了他的诡计,就摘了一把树叶抛了下去。狐狸以为是蝉下来了,猛地扑了过去,抓住它。蝉说道:"喂,坏家伙,如果你以为我会飞下来,那可就大错特错。我自从发现狐狸的粪便里有蝉的翅膀之后,就时时刻刻警惕狐狸。"

这就是说,聪明的人懂得如何从邻人的灾难中吸取教训。

蝉与蚂蚁

冬季,蚂蚁正在忙着把那些潮湿的谷子晒干。饥饿的蝉跑过来,向他们乞讨食物。蚂蚁问他:"为什么在夏天的时候你不去收集食物呢?"蝉回答说:"那个时候没有时间,我忙于唱着美妙动听的歌。"蚂蚁笑着说:"你夏季如果要唱歌,那么冬季就去跳舞吧。"

这个故事是说明,要不失时机地工作、劳动,才能够丰衣足食;要是一味地享乐,只能去挨饿。

弹琵琶的人

有一个天生不会弹琵琶的人,经常在声音效果很好的室内弹唱。听着室内回响的声音,他得意扬扬,自认为自己的嗓音十分不错。心想凭自己的实力完全可以到剧场登台表演了,可是当他登场之后,唱得非常差,台下的人们扔石头把他给轰赶下来了。

这就是说,有些演说家在学校里还似模似样,好像讲得头头是道,但是遇到讨论国家大事的时候却是毫无价值的人。

吃肉的小孩

牧人们在野外祭祀,便杀了一只山羊,他请来附近的人们一起享用。有个特别穷的女人,带着他的孩子也来到了这里。正当大家吃得高兴时,因为那孩子吃了太多的肉,所以肚子就痛起来了。他痛苦地说:"妈妈,我要把肉吐出来。"他妈妈说:"孩子,那不是你的,仅仅是你所吃下去的罢了。"

这故事是说,有些人随随便便就拿别人的东西,欠别人的债,当被讨还时,却是那么痛苦。

小孩与乌鸦

有一天,有个女人为还不会说话的孩子去算命,算命先生预言孩子将来会被乌鸦所害死。因此她非常担心,便做了一个大箱子,把孩子放在里边保护起来,她定时打开箱子,给孩子送饭菜和水。有一次,她打开箱子盖正在给孩子送水,孩子顽皮地把头伸出来,不巧箱子上的鸦嘴形的搭扣砸在孩子的脑门上,把孩子砸死了。

这是说,该来的灾难是躲不掉的,只有提高自己与灾难抗争的能力。

小孩与画的狮子

有一个特别胆小的老人,他有个独生子,老人的孩子非常勇敢,而且天生喜欢打猎。有一次,老人梦见儿子悲惨地被狮子咬死了。因此他非常害怕这梦会成为现实,就特意制造了一座悬空的漂亮房子,把儿子锁在里面,把他保护起来。为了使儿子高兴,老人在墙上画了许多各种各样的动物,其中也画有狮子。然而,那孩子越看画越烦恼。有一次,他站在狮子画的旁边,说道:"喂,你这个可恶的狮子,为了你和我父亲的幻梦,我才被关在这种像牢房一样的房里。"说着说着,他挥动拳头用力向墙打去,好像要把那狮子打死似的。没想到一根刺钻到他指甲里去了,他疼痛难忍,最后发炎引起高烧不退,没多久就死了。原本是一头画在墙上的狮子,却把孩子给害死了。这位父亲精心的安排对孩子有害无益。

这是说,人们要勇敢地去面对困难,而不要用什么心计去回避它。

人和蝈蝈

有个穷人捉蝗虫时,捉到了一只叫声嘹亮的蝈蝈。那人正要弄死它时,蝈蝈说:"你为什么要无缘无故地把我弄死?我又没危害庄稼,更没破坏森林。我发出悦耳动听的声音,还能使人们高兴,或许是吵闹了一点,除此以外,无可挑剔。"那人听后,就把蝈蝈放走了。

这故事是说,正确的道理是能说服人的。

跳蚤与运动员

有一次,有只跳蚤跳到正在准备奔跑的运动员的脚上,不停地去咬他。运动员十分气愤,决定用手指捏住跳蚤。可跳蚤凭着天生的本领,一窜就逃跑了,保住了小命。运动员叹息地说:"赫拉克勒斯呀,假如你是这样帮助我去对付那小小跳蚤的话,又怎样帮助我去战胜强劲的对手呢?"

这故事告诉我们,不要为那些无关紧要的事去求神,当真的在遇到重大困难时再去求神。

骡子和强盗

两头满载背包的骡子长途跋涉,一头驮着装满珠宝的背包,另一头则驮着装满谷物的背包。驮着珠宝的骡子昂着头,不断地摇摆系在颈部的铃,让它发出清脆的声音。他趾高气扬地向前走着,仿佛明白所载东西的价值。而那一头驮着谷物的骡子却以恬静、安闲的步伐跟在后面走。突然,一群强盗从隐蔽的地方冲过来打劫,在打斗中,一个强盗用一把短刀刺伤了那头驮珠宝的骡子,将珠宝抢劫一空,而那头驮着谷物的骡子根本就没有引起强盗们的注意。受伤的骡子哭诉他的不幸,另一头却说:"我很高兴强盗不看重我,我没一点损失,也没有受伤。"

这故事是说,富有并不值得夸耀,倒是要小心它会带来灾难。

两个士兵和强盗

两个士兵一块儿赶路,中途,遇到一个强盗出来抢劫。一个士兵马上逃到一边躲起来,另一个士兵勇敢地迎了上去,与强盗搏斗,并杀死了强盗。这时,那个胆子小的士兵跑过来,抽出剑,并把外衣丢开,大声说:"我来对付他,我要让他清楚,他所抢劫的是什么人。"这时,那名勇敢的士兵说:"我只希望你刚才能出来帮助我,就算只说些话也好。因为我会相信这些话是真的,更会鼓足勇气去抗敌。而现在还是请你将剑插进鞘里,管住你那毫无用处的舌头吧。你只能骗骗那些不知道你的人。我亲眼见到了你逃跑的速度,十分清楚你的勇敢是不可靠的。"

这故事是说,有些人在事快要成功或已经成功后,企图把自己打扮成英雄,而在夺取成功的过程中,他们却袖手旁观。

驴与骡子

有一天,驴子和骡子驮着货物被驴夫赶着上了路。驴子十分气愤他们俩驮的东西一样多,而骡子觉得自己应该吃两份饲料。他们刚走了没多久,驴夫看见驴子有点走不动了,就从他背上卸下一部分货物,放在骡子背上。他们又走了一会儿,驴夫看到驴子累得快不行了,就又取了一部分货物,最后驴夫把驴驮的所有货物,全放在骡子背上。这时,骡子回过头对驴子说:"喂,朋友,你现在还气愤我吃双倍饲料吗?"

这故事是说,不要与别人斤斤计较,各人都有自己该做的事,该得的酬劳。

驴子、乌鸦与狼

有一天，一头驴子背上受了伤，正在牧场上吃草。忽然，有只乌鸦飞到了他的背上，去啄他的伤口，驴子痛得跳起来大叫。而站在远处的驴夫却若无其事，在那里发笑。正在这时候，有只狼从这里经过，见到后，自言自语地说："我真倒霉！只要我望一望驴子，就遭到人们追赶，而乌鸦飞到驴背上，人们还笑。"

这故事说明，人们时时刻刻警惕那些专做坏事的人。

驴子们请求宙斯

有一次，驴子们不愿再忍受长年沉重的劳作，便派代表去宙斯那里，请求为他们减少些痛苦。宙斯知道这是不能改变的，便说当他们撒尿能成河时，就会免去那些苦难。驴子们心想宙斯的话绝无戏言。因此现在只要一头驴撒尿，其他的驴也会围在那里撒起尿来。

这故事说明，天生的本性是无法改变的。

病驴和狼

有一天，驴子生了病在家里躺着，狼跑来探望他。他一边摸着驴子的身体，一边问驴子什么地方痛，驴子回答道："你所摸到的地方都痛。"

这是说，那些假心假意的人表示关心你，实际上是想危害你。

野驴与家驴

有一天，家驴驮着沉重的货物，显得特别劳累。野驴看见了，就指责他心甘情愿受到压迫，说："你看我多么幸福、自由自在、无忧无虑地生活着，还可以到山上去吃草。而你却过着痛苦而又毫无自由的生活，不但非常劳累，还常常遭受主人的压迫和用鞭抽打。"就在这时候，狮子来了，他看到家驴和驴夫在一起，便向那孤单的野驴猛扑过去，把他抓住吃掉了。

这故事说明，自由固然可贵，但有时也会造成生命、生活的毫无保障。

自以为是的狼

一条狼在山脚下徘徊。落日的余晖把他的影子照得特别长。狼看着自己的影子,就得意扬扬地对自己说:"我拥有这么大的身体,几乎和一亩田地那样大,为什么我还要怕狮子? 难道我不该被称为百兽之王吗?"正当他沉醉于幻想中时,一头狮子向他猛扑来,把他咬得都快死了。这时候狼后悔莫及,大声喊道:"我真不幸啊! 是狂妄自大毁灭了我。"

这是说那些盲目狂妄自大的人,会自食其恶果。

鹿、狼和羊

鹿跑去向羊借了一斗麦,并且还说狼可以为他担保。羊怀疑他是骗取食物,就说:"狼经常抢夺他所要的东西,而你跑得比我要快。到了归还时,我怎么能找到你们呢?"

这是说不要相信那些不值得相信的人,不要借钱物给那些根本不打算归还的人。

觅食的鸟

从前，有一只鸟在林中的树上寻找食物，树上的果子酸甜可口，他不想再离开这里。捕鸟的人看到鸟十分喜欢这里，就拿米粘竿把它给活捉了。鸟在临死时说："我真是不幸，因为贪吃，图一时快乐，而把自己的性命都给丢掉了。"

这个故事适用于那些只为了一时快乐而丧失生命的人。

小偷与公鸡

有几个小偷悄悄地溜进一户人家里，结果什么也没有偷到，仅仅发现了一只公鸡，就抓住他偷走了。当小偷们要杀公鸡时，公鸡向小偷们请求放了他，并说他对人们是有好处的，每天天还没有亮时，他就把人们叫醒过来去工作。小偷们回答说："单凭这一点，就非要你死不可，你把人们都给叫醒严重地妨碍了我们偷盗。"

这个故事是说明，那些对于好人有用的事正是对于坏人有害的。

池塘里的蛙

有两只青蛙住在池塘里面。夏天,池塘干涸了,他们没有办法只好离开那里,四处寻找可以安身的地方。当他们来到一个很深的井旁时,其中一只不假考虑地对另一只说:"喂,朋友,这里面的井水多好啊!让我们一齐到这井里去居住吧。"另一只回答说:"这里的水要是也干了,我们又用什么办法爬上来呢?"

这个故事告诫我们,凡事要三思而后行,千万不可轻率从事。

猫和公鸡

一只猫抓着一只公鸡,并且想出要吃他的借口。他指责公鸡在夜晚打鸣,令人无法安睡,人们都十分讨厌公鸡。公鸡辩解说,他是为了人们的利益而啼叫,那样就可以让人们按时起床工作。猫回答说:"尽管你说的好像有点儿道理,但是我总不能不吃晚餐吧。"于是,他毫不客气地把公鸡吃掉了。

这就是说,坏人干坏事总是能够找到借口的。

孔雀和白鹤

孔雀看不起白鹤羽毛的色泽,她一边张开自己美丽的羽毛,一边讥笑他说:"我披挂得金碧辉煌,五彩缤纷;而你的羽毛一片灰暗,特别难看。"鹤说道:"可我飞翔在空中,在星空中歌唱;而你却像公鸡和家禽一样,只能行走在地上罢了。"

这故事是说,穿戴简朴而志趣高洁的人远胜于披金戴银而平庸凡俗的人。

孔雀与寒鸦

众鸟在一起商量选举国王,孔雀觉得自己最美丽漂亮,应该被立为国王。众鸟正在准备一致推举孔雀为王时,寒鸦说:"如果你做了国王,那么鹰来攻击我们时,你将怎样保护我们呢?"

这故事是说,衡量一个人,不能只看外貌,重要的是看他的能力和智慧。

狮子、老鼠和狐狸

炎热的天气使狮子疲惫不堪,他在洞中躺着睡觉。这时,一只老鼠从他的鬃毛和耳朵上跑过去,把他从梦中惊醒了。狮子大怒,爬起来摇摆着身子,到处寻找老鼠。狐狸见到后说:"你是一只威严的狮子,也被老鼠吓怕了。"狮子说:"我并不是怕老鼠,只是恨他太放肆和没有礼貌。"

这是说,有时候一点点小小的自由都是很大的冒犯。

手舞足蹈的骆驼

从前,有一个人要教他的骆驼跳舞,骆驼说:"我连走路的姿势都不雅观,又怎么能跳舞呢?"

这个故事适用于那些不恰当的行为。

人与骆驼

人们第一次看到骆驼时,对这些庞然大物感到特别恐惧和震惊,都吓得纷纷逃跑。随着时间的流逝,他们渐渐地发现骆驼的善良温顺,就壮着胆子,勇敢地去接近它。没过多长时间,人们完全明白骆驼这动物根本没有一点脾气,于是就更不害怕它了,还给它们装上了缰绳,交给孩子们牵着走。

这个故事是说明,熟悉和了解事物能够消除对事物的恐惧。

蟹与狐狸

从前,有一只螃蟹从海中爬出来,独自一个住在海岸边。有只十分饥饿的狐狸正在发愁没有吃的,看到他后,就跑过去捉住了他。蟹在快要被狐狸吞食之前,说:"我真是自作自受!我本来应该好好地生活在大海里,却偏要跑到陆上来。"

这个故事是说,有些人抛开自己熟知的事情,而去做自己一无所知的事,结果遇到了不幸。

狐狸和狮子

一只狐狸从来就没有见过狮子,一次偶然的机会,他在森林里碰到了狮子,把他吓得半死。当他第二次遇到狮子时,他还是感到害怕,但是比起第一次来要好得多了。第三次遇到狮子时,他竟然有胆量,走了上去,与狮子进行很亲切的谈话。

这个故事是说不要害怕那些不了解的事物,接近它,就会发觉其实并没有什么可怕的。

狐狸和荆棘

一只狐狸在爬越篱笆的时候,差一点就跌下去了,他拼命地抓住了一根荆棘。脚被荆棘刺痛了,他痛得抱怨荆棘说,自己仅仅是向他求助,而他却比篱笆还坏。荆棘说:"我总是习惯于依附别人,你却要来依附我,这种做法实在是太愚蠢了。"

这就是说千万不要依靠那些根本不可能依靠的人。

跳蚤和公牛

有一天,跳蚤问牛:"像你这样高大强壮而且勇敢,为什么还终日里去为人们耕作?而我这只区区的小虫,却能够毫无顾忌地去叮咬人,大口大口地吸取他们的鲜血!"公牛回答说:"我一定要报答人类的恩德,因为他们都喜欢我,经常为我擦洗身体,并且抚摸我的额角,我从他们那里得到了关爱。"跳蚤说:"你喜欢的这些方式,我都无法忍受。人们一旦抓住我,用对付你的方法,那将会要我的命。"

这就是说,得到什么样的待遇,就会采取什么样的态度去回报。

跳蚤和人

有一天,一只小小的跳蚤在一个人身上跳来跳去,不断地叮咬他,弄得他极为难受。他一把抓住跳蚤,问它:"你到底是谁?为什么在我身上四处叮咬,令我到处瘙痒?"跳蚤说:"请你饶恕我吧,千万不要捏死我!我们一直就是这样生存的,虽然不断地骚扰人们,但是决不会做出更大的坏事。"那人笑着说:"罪恶不论大小,只要祸及别人,就绝不能够留情,所以一定要捏死你。"

这个故事是说明,坏人无论大小都应该坚决加以惩治。

狐狸与面具

狐狸走进演员的家里,仔细察看他所有的家当后,发现了一个制作精巧的妖怪面具,就连忙把它拿在手里说:"喂,这是谁的头,只可惜没有脑子!"

这个故事是说那些身体魁伟而缺乏思想的人。

父亲与女儿

父亲有两个女儿,一个嫁给了菜农,另一个嫁给了陶工。过了一些日子,父亲来到菜农家里,询问小女儿情况怎么样,他们的生活过得如何。女儿说一切都很好,只是有一事需祈祷神明,那就是请求多下些雨,好好地浇灌那些蔬菜。不久之后,他又来到陶工家里,询问大女儿过得怎么样。女儿说什么都不缺,只祷告一件事,请求天气晴朗,阳光充足,使陶瓷更快地干燥。父亲对她说道:"你希望出太阳,你的妹妹却盼着下雨,那我又应该为谁乞求呢?"

这个故事是说,那些同时想做两件截然不同的事的人,必然会干不成任何一件事情。

马与驴子

从前，一个人赶着一匹马和一头驴子上路。在路上，驴子对马说："你要是能救我一命，就请你帮我分担一点儿我的负担吧。"马不愿意，驴子终于因为精疲力竭，倒下去死了。于是，主人把所有的货物，包括那张驴子皮，都放在马背上。这时，马悲伤地说："我真倒霉！我怎么会受这么大的苦呢？这全是因为我不愿分担一点儿驴的负担而造成的，现在不但驮上全部货物，还要多加一张驴皮。"

这个故事说明，强者与弱者应该相互帮助，共同合作，只有这样各自才能更好地生存。

老狮子与狐狸

有一头年老的狮子，已经不能凭借自己的力量去抢夺食物了，心想只能采取智取的办法才能获得更多的食物。于是，他钻进了一个山洞里，躺在地上假装生病，等到其他小动物走过来窥探，就把他们抓住吃掉。这样，有不少动物都被狮子以这种方法吃掉了。狐狸识破了狮子的诡计，远远地站在洞外，问狮子的身体现在如何。狮子回答说："很不好。"反问狐狸为什么不进洞里来。狐狸说道："假如我没发现只有进去的脚印，而没有一个是出来的脚印，我也许会进洞去。"

这就是说，聪明的人常常能审时度势，根据迹象预见到将要遭遇的危险，避免不幸。

山羊与驴

有个人饲养了山羊和驴子。主人总是给驴子吃充足的饲料，嫉妒心很强的山羊就对驴子说，你一会儿要拉磨，一会儿又要驮沉重的货物，那么辛苦，不如假装生病，摔倒在地上，就可以得到休息。驴子听从了山羊的劝告，摔得遍体鳞伤。主人请来医生，为他治疗。医生说要将山羊的心肺熬汤作药给他喝，才能够治好。于是，主人立刻杀掉山羊去为驴子治病。

这个故事是说，只要是想策划作恶的人，必将自食其果。

鹰与乌鸦

鹰从高岩直飞而下，抓走了一只小羊羔。一只乌鸦看到后，非常地羡慕，很想学它的样子。于是，他呼啦啦地猛扑到一只公羊的背上，狠命地想把他给带走，但是他的脚爪却被羊毛给缠住了，怎么拔也拔不出来。尽管他不断地使劲拍打着翅膀,但是仍飞不起来。

牧羊人看到后,跑过去一把将他抓住,剪去他翅膀上的羽毛。傍晚,他带着乌鸦回家,交给了他的孩子们。孩子们问父亲:"这是什么鸟?"他回答说,"这确确实实是只乌鸦,可是他自己硬要充当老鹰。"

这个故事是说,仿效别人去做自己力所不能及的事,不但无法得到什么好处,还会给自己带来不幸,并会受到世人的嘲笑。

口渴的鸽子

有只鸽子口渴得非常难受,看到画板上画着一个水壶,以为那是真的。他马上呼呼地猛飞过去,不料自己却一头碰撞在画板上,折断了翅膀,摔在地上,被人轻易地给捉住了。

这就是说,有些人急于想得到所需的东西,一时冲动,鲁莽从事,就会使自己身遭不幸。

哲学家、蚂蚁和赫耳墨斯

有一个哲学家在海边看到一艘船遇难,船上的水手和乘客全都淹死了。他就抱怨上帝的不公,为了一个罪恶的人偶尔乘了这艘船,竟然让全船无辜的人都随之死去。正当他深深地沉思时，他发现自己被一大群蚂蚁给团团围住了。原来哲学家站在蚂蚁窝旁了。有一只蚂蚁爬到他的脚上，咬了他一口。他马上用脚把他们全踩死了。这时，赫耳墨斯出来了，他用棍子敲打着哲学家说："你自己也同上帝一样，这样对待众多可怜的蚂蚁。你又怎么能够做判断天道的人呢？"

这个故事是说，人不要苛求别人，因为自己也难免会犯和别人同样的错误。

赫耳墨斯神像与木匠

一个很贫穷的木匠供奉着一个木雕的财神赫耳墨斯神像，请求发财。尽管他不断地祈求，日子却越过越穷。最后，他一怒之下把神像从祭台上拿下来朝着墙头摔过去。神像的头被摔断下来，一道金泉一涌而出，木匠连忙拾起神像，并说："我想你简直是无理得令我无所适从。尊敬你，供奉你，却得不到一丝好处；对你不好，倒使我发了横财。"

这个故事是说，有些人敬酒不吃吃罚酒，对待这样的人只有采取强硬的对策。

孔雀和天后赫拉

孔雀向赫拉诉说夜莺凭着悠扬、动听的歌声，深深地打动了人们的心，令大家十分喜爱她。可是她一开口唱歌,就遭到听众们的嘲笑。天后赫拉安慰她说:"但是你的外表和身材都是出类拔萃的。绿宝石的光辉闪耀在你的脖子上,开屏时,羽毛更是华丽富贵,光彩照人。"孔雀说:"既然在歌唱方面我远远不及他人,那这种无言的美丽,对我又有什么用呢?"赫拉回答说:"各人有各人的命运,这是由命运之神所操纵的。他注定了你的美丽,夜莺的歌唱,老鹰的力量,乌鸦的凶征。所有鸟类都满意神所赋予他们的东西。"

这个故事是说,人要接受自己的优点,同时也要接受自己的缺点,任何事和任何人都不可能十全十美的。

两个仇人

从前,有两个仇人一起乘同一艘船去航海,一个坐在船尾,另一个坐在船头。突然海上风暴大作,船眼看就要沉了,船尾的那个人问船工,船的哪一部分会先沉下去。船工说:"是船头。"那人说:"现在我死而无憾,我将能看到我的仇人死在我的前头。"

这个故事是说明,有些人,报复仇人的愿望比保护自己生命的愿望更为强烈。

宙斯与受气的蛇

有条蛇常被人们所践踏,就跑去向宙斯告状。宙斯对他说:"如果你咬了第一个践踏你的人,就不会再有第二个敢这样去做的人了。"

这个故事是说明,抵抗住第一个侵略者,其他的侵略者就会望而生畏,不敢来犯。

蝮蛇和狐狸

一条盘缩在一捆荆棘上的蝮蛇,顺着河水漂流。狐狸在河边看到后说:"这船主和船倒是很相配。"

这个故事说的是那些想做坏事的恶人。

鸟、兽和蝙蝠

鸟和野兽宣战,双方分别都有胜负。蝙蝠总是靠近强的那一方。当鸟和兽宣布停战和好时,交战双方明白了蝙蝠的犹豫行为。因此,双方都裁定他为奸诈罪,并将他赶出日光之外。从那以后,蝙蝠总是躲藏在黑暗的地方,只在晚上才独自飞出来。

这故事是说那些两面三刀的人,最终不会有好下场。

两个锅

河里漂流着一个瓦锅和一个铜锅。于是,瓦锅对铜锅说:"请离我远一点,不要靠近我。即使是我自己不小心碰到你,我也会破碎。"

这就是说,与强硬的人相伴是很不安全的。

猫和生病的鸡

猫知道有一只鸡生病后,就把自己装扮成医生,带着医疗用品前去探望。于是,他在鸡窝前面站着,耐心地询问鸡哪里不舒服。鸡回答说:"很好,只要你离开这里,我就不会死。"

这故事说明,坏人就算装出一副善良的样子,聪明的人也会知道他们是口蜜腹剑。

狼与母山羊

母山羊在陡峭的山崖边吃草,狼根本就无法捉到他,就叫她赶快下来,免得一不小心掉到山谷里,并且还说在自己身边的草地很好,青草茂盛鲜嫩,还有许多花。母山羊回答说,"你并不是真心喊我去吃草,而是让我去填饱你的肚子。"

这是说,尽管坏人老奸巨猾,但是在聪明人面前,他们的诡计仍是枉费心机。

骆驼和阿拉伯人

一个阿拉伯的骆驼夫把货满载在骆驼背上后,问骆驼是愿意上山还是愿意下山。骆驼振振有词地说:"你为什么这样问我?难道经过沙漠的平坦大道都关闭了吗?"

这是说,不了解事物的特性就不能正确使用它。

狼与牧羊人

狼老老实实地跟随着羊群,他并没有做坏事。牧羊人开始一直把他当作敌人一样小心防范,提心吊胆,十分警惕地看护着羊群。狼却一声不吭地跟在后面走,始终没有想抢羊的迹象。后来牧羊人就不再提防狼,因而以为这是一头老实的护羊犬。后来,牧羊人有事须要进城一趟,就把羊交给了狼来看护。于是,狼就借此机会,咬死了很多羊。牧羊人回来,看见很多羊被咬死了,十分后悔,并说道:"我真活该,我怎能把羊群托付给狼呢?"

这是说,把事物托付给不应托付的人,自然会上当。

行人与斧头

有两个人一起赶路。其中一个人捡到了一把斧头,而另一个人对他说:"我们捡到了一把斧子。"那人说:"不能说'我们捡到了',而是'我捡到了'。"过了一会儿,那个丢斧头的人追上了他们,斧子要了回去。捡到斧子的人对同伴说:"我们完了。"而另一个说:"你不要说'我们完了',而要说'我完了',因为在你捡到那斧子的时候,并没有把它当成我们共有的东西呀。"

这故事说明,那些有福不愿与人同享的人,有祸也没人与他分担。

行人与梧桐树

夏季中午时分,十分炎热,几个头顶烈日的行人疲倦极了,看见一棵梧桐树,就来到树底下,躺在树荫下乘凉。他们边仰望着阔大的树叶,边彼此大发议论道:"这树不能结果,对人没有好处。"树回答说:"不知好歹的人们! 你们现在不正享受着我的恩惠吗? 还好意思说我是不结果的无用之树。"

这是说,有些人不知好歹,享受了别人的帮助,还要贬低别人。

牧人和丢失的牛

一位牧人在树林中放牛,不幸将一头离群的小牛犊给丢失了。他在树林中四处寻找,但一无所获。他发誓,只要能发现偷小牛犊的贼,他就供奉树林守护神一只羊。过了一会儿,正当他走上小山丘时,忽然看见山下有只狮子正在吃他的小牛犊。他吓得举起双手,仰望着天空,向天哀求道:"我刚发誓,如果捉到偷牛犊的贼,我愿供奉一只羊给树林守护神。现在那贼已发现,我愿意失去那只小牛犊,并再添上一头大牛,只要保证我自己能安全逃离狮子。"

这是说,有些人在强大的敌人面前吓破了胆,忘掉了自己的誓言。

蝮蛇和锉刀

有条蝮蛇爬进铁匠铺里，要各种工具接济他。从他们那里得到救济之后，又爬到锉刀那里，请他也接济一下。锉刀说："你若想从我这里得到点东西去，那你真是太傻了，我历来取之于人，却从不施舍。"

这故事说明，想从守财奴那里得到利益是十分愚蠢的想法。

芦苇与橡树

芦苇和橡树为他们的耐力、力量和冷静争吵不休，谁也不肯服输。橡树指责芦苇说他没有力量，不论多大的风都能轻易地把他吹倒，芦苇没有回答。过了一会儿，一阵猛烈的风吹了过来，芦苇弯下腰，顺风仰倒，幸免于连根拔起。而橡树却硬迎着风，尽力抵抗，结果却被连根拔掉了。

这故事说明，有时候不去硬与比自己强大的人抗争，或许对自己更为有利。

宙斯与众神

宙斯、普罗米修斯和雅典娜共同创造万物,宙斯创造牛,普罗米修斯创造人,雅典娜创造房子。他们选举莫摩斯来裁判他们的杰作。莫摩斯因嫉妒他们的创造物,便说宙斯犯了错误,应该把牛的眼睛放在角上,让牛能看见撞到的地方。他又说普罗米修斯也做错了,要把人的心挂在体外,好让每个人的心里想法都能表露出来,使坏人无法伪装。最后他说雅典娜应该把房屋装上轮子,若有坏人作邻居,便很容易迁移。宙斯对莫摩斯无端的诽谤十分气愤,便把他轰出了奥林穆斯山。

这故事说明,世界上没有十全十美、完美无缺的东西。

樵夫与赫耳墨斯

有个樵夫在河边砍柴,不小心把斧子掉到河里,并被河水冲走了。他坐在河岸上失声痛哭。赫耳墨斯知道了此事,很可怜他,走来问明原因后,便下到河里,捞起一把金斧子来,问是不是他的,他说不是;接着赫耳墨斯又捞起一把银斧子来问是不是他的,他仍说不是;赫耳墨斯第三次下去,捞起樵夫自己的斧子来时,樵夫说这才是我所掉的那一把。赫耳墨斯很欣赏樵夫的为人诚实,便把金斧、银斧都作为礼物送给他。樵夫带着三把斧子回到家里,把事情经过详细地告诉了他的朋友们。其中有一个人十分眼红,决定也去碰碰运气,跑到河边,故意把自己的斧子丢到急流中,然后坐在那儿假装痛哭起来。赫耳墨斯来到他面前,问明了他痛哭的原因,便下河捞起一把金斧子来,问是不是他所丢失的。那人高兴地说:"呀,正是;正是!"然而他那贪婪和不诚实的样子遭到了赫耳墨斯的痛恨,不但没赏给他那把金斧子,而且连他自己的那把斧子也没给他。

这故事说明,诚实人总会得到人们的帮助,欺诈的人必遭到人们唾弃。

鹅与鹤

鹅和鹤一块在田野上寻找食物。突然来了几个猎人,轻盈的鹤很快就飞走了。身体沉重的鹅,还没来得及飞,就被捉住了。

这故事是说,一无所有的人无牵无挂一身轻;而那些家财万贯的人的财富却成了他们的负担。

兔子和猎狗

一条猎狗把兔子赶出了窝,还一直追赶他,追了很久仍没有抓到。一个牧羊人见此就停下来,讥笑猎狗说:"你们两个之间小的反而跑得更快。"猎狗回答说:"你不知道我俩跑的目的完全不同。我仅为一顿饭而跑,而他却是为性命而跑啊。"

这就说明,不管人或动物都具有求生的本能,这个本能蕴藏着巨大的力量。

恋爱的狮子与农夫

狮子爱上了农夫的女儿,便向她求婚。农夫不愿将女儿许配给野兽,但又惧怕狮子,一时无法做决定,突然他急中生智,心想,如果狮子再次来请求农夫时,他就说,他认为狮子娶自己的女儿很适合,但狮子必须先拔去牙齿,剁掉爪子,否则就不能把女儿嫁给他,因为姑娘惧怕这些东西。狮子利令智昏,色迷心窍,就不假思索地接受了农夫的要求。从此,那农夫就拒绝了狮子,毫不惧怕他。狮子再来时,农夫就用棍子打他,把他绑起来。

这故事说明,有些人轻易相信别人的话,而去抛弃自己特有的长处,结果,轻而易举地就被原来恐惧他们的人给击败了。

金枪鱼与海豚

金枪鱼被海豚追逐,发出阵阵声音,在眼看就要被海豚捉住的时候,金枪鱼猛然一跳,不料跳得太远,搁浅在岸边。穷追不舍的海豚也跟着金枪鱼一跳,同样也搁浅在岸边。这时，金枪鱼回过头去，看着奄奄一息的海豚说："现在我对死已无所畏惧了，因为我亲眼看见造成这种结果的那家伙也与我一同死掉。"

这故事说明，有些人看到那些造成别人不幸的人，同样也给自己带来不幸，便容易忍受不幸带来的痛苦。

狼与羊群

狼一心想吃羊群，但因有狗的守护，迟迟不能得逞，心想非智取不可。于是，他派使者去拜访羊群，说狗才是他们俩之间的敌人，若能把狗赶出来，他们之间就能和平共处。羊根本没有认清狼的险恶用心，就不假思索地把狗赶出去。没有了狗的保护，狼便轻而易举地把羊吃掉了。

这是说，人们如果失去保护自己的人，很快就会被敌人征服。

瞎子和小野兽

一个瞎子擅长于用手触摸各种动物，什么动物只要他一摸，便能分辨出来。有个人带来一条小狼，教他摸一摸，请他说出是什么东西。他摸了摸这个小野兽后说："这是一只狐狸，还是一条狼，我不大清楚。不过有一点我却十分明白，让这种动物进羊栏是不安全的。"

这故事是说恶劣的习性在年小时便可知道。

胃与脚

胃与脚不停地争吵谁的力气大。脚总是夸自己的力气强大，连整个肚子都能搬来搬去，胃却回答说："喂，朋友，如果我不给你们提供营养，那么你们就什么也搬不动了。"

由此可见，人各有所长，要相互帮助。

大力神和车夫

一名车夫赶着货车正沿着乡间小路行走。途中，车轮突然陷入了很深的车辙中，再也无法前进。这时，愚蠢的车夫吓得茫然失措，一筹莫展，痴呆呆地站在那里，注视着货车，还不断地高声喊叫，求大力神来助他一臂之力。大力神来到以后，对他说："朋友，用你的肩膀扛起车轮，再抽打一下拉车的马。你自己不自力更生，要想尽快解决，仅靠恳求我，怎么行呢？"

这就是说自力更生，自助自立是克服困难的最佳办法。

鼹鼠

相传鼹鼠的眼睛是瞎的,可小鼹鼠却对妈妈说他能看得见。妈妈便想试验他一下,于是,就拿来一小块香喷喷的食物,放在他面前,问他这是什么。他说是一颗小石头。母亲说:"啊,不幸的孩子,你不但眼睛看不见,连鼻子也没用了。"

这故事是说,那些爱吹牛说大话的人,常常夸海口能做大事,却在一些微不足道的事情上会暴露了自己的真相。

老太婆与医生

有位患了眼病的老太婆,请一位医生给她治病,并谈定了治疗费。那医生每次给她上药治疗时,总是趁她闭着眼睛时,顺手牵羊地偷走一些家具。老太婆的病终于治愈了,可她家里的东西几乎被偷光了。医生便向老太婆要商定好的治疗费,老太婆不肯付钱,便被带到法官那里。她说她许诺过要付给医生治疗费,条件是把她的眼病治好,可是经过医治后,她的眼睛却比以前更差了。她说:"以前我还能看见家里的所有物品,现在却什么也看不见了。"

这故事是说,贪得无厌的人,总会不知不觉地留下自己的罪证。

燕子与乌鸦

有一天燕子与乌鸦在树林里争吵谁最美丽。乌鸦对燕子说:"只有在春天才能看到你美丽的外表,我的身体却可以抵御冬季的严寒。"

这就是说,健康的身体其实是最漂亮的外貌。

狼和老太婆

一只饥饿的狼四处寻找食物。当他来到一家农舍时,突然听见小孩的哭声。一位老太婆吓唬小孩说:"快别哭了,不然我马上就把你丢出去喂狼。"狼听见了,信以为真,就站在门外等待。天渐渐地黑了,他又听见老太婆逗那小孩说:"好宝宝,如果狼来,我就杀了他。"狼听了这话后,一边跑一边说:"这老太婆怎么说的是一套,做的又是另一套呢。"

这故事讽刺的是那些言行不一,表里不一的人。

主人和他的狗

一个人打点好了行装正准备出发。这时,他看见自己的狗仍站在门口打呵欠,便严厉地对它说:"你为什么还站在这里打呵欠?一切都准备好了,只等你了,赶快跟我走吧!"狗摇着尾巴回答说:"主人!我早就准备好了,我等你等得都打呵欠了。"

这是说有些人不但不检点自己,还常常把过失归咎于别人。

猴子与海豚

出海航行的人总喜欢带着一些动物,以便在旅行中消遣。有个海员带着一只猴子航海,当到达雅典阿提卡的苏尼翁海峡时,突然一场风暴袭来,狂风巨浪一下就把船打翻了,大家都纷纷跳进水中逃生,猴子也机灵地跳进去。海豚看见了它,以为是人,立即钻到它底下,把它托起来,并安全地把它送往岸边。到达雅典海港珀赖欧斯时,海豚问那猴子是不是雅典人。他回答说:"是的,我祖先都是名人显贵。"海豚接着又问他知不知道珀赖欧斯。猴子以为海豚所说的也是个人,所以答道:"噢,他是我非常要好的朋友。"海豚对猴子说假话的行为十分气愤,便不再托住猴子,让他淹死在海水中。

这故事讽刺了那些信口开河的人。

受伤的狼与羊

狼被狗咬伤了，伤势很严重，躺在地上感到非常难受，不能外出觅食。这时，他看见一只羊，就请求他到附近的小河里帮他取一点水来。他还说："你给我一点水解渴，我就能自己去寻找食物了。"羊回答说："如果我给你送来水喝，那么我就会成为你的食物。"

这故事告诉我们千万别上那些会伪装的恶人的当。

太阳结婚

夏天，太阳举行婚礼。所有的动物都高高兴兴地前来祝贺，连青蛙也不例外。其中有一只青蛙却说："傻子们，你们高兴什么？一个太阳都能把烂泥晒干，现在他又结婚，若再生下一个和他一样的儿子，那我们不知还要吃怎样的苦呢？"

这就是说，许多缺乏思想的人，只会跟着别人瞎起哄。

蚊子与公牛

蚊子在公牛角上休息了很久。当他要飞走时,问公牛是不是希望他离开。公牛回答说:"你来的时候,我一点儿都不知道,你离去时我也未必会在意。"

这就是说,对于那些软弱无知的人,存在与否,人们都觉得无关紧要。

负箭之鹰

鹰站立在岩石上,他刚想要去捕捉一只兔子,这时有个人正好一箭射中了他,箭扎在他的身上,带着鹰毛的箭翎却留在鹰的眼前。他望着羽翎说:"我自己的羽毛害死了自己,这种痛苦更难以忍受。"

这就是说,因自己的原因而受害,那痛苦更令人难受。

马槽中的狗

一条狗在马槽旁躺着,不停地叫,目的是不让马吃干草。这时那头马对同伴说:"这狗太自私了!他自己不能吃干草,还不让会吃的去吃。"

这故事讽刺了那些总是不愿别人得到好处的人。

老鼠开会

在很久以前,因为老鼠们深受猫的侵袭,觉得十分苦恼。于是,他们在一起开会,商量用什么办法去对付猫的骚扰,以求得平安。

会上,老鼠们各有各的主张,但一个个都被否定了。最后一只小老鼠站起来提议,他说如果在猫的脖子上挂个铃铛,只要我们听到铃铛响声,就知道猫来了,便马上可以逃跑。大家对他的建议给予热烈的掌声,并一致认同。有一只年老的老鼠坐在一旁,始终一声不吭。这时,他站起来说:"小鼠说出的这个办法是非常绝妙的,也是十分妥当的;但还需要解决一个问题,那就是派谁去把铃铛挂在猫的脖子上?"

这故事是说,想出一个好主意也许不难,要想实现这个主意就没那么容易了。

狮子、熊和狐狸

有一天,狮子和熊同时抓到一只小羊羔。他们俩为争夺小羊羔,因此凶狠地打了起来。经过一场苦斗,他们俩都受了重伤,因此,他俩有气无力地躺在地上。狐狸早已躲在远处坐山观虎斗,看见他俩两败俱伤,直挺挺地躺在地上,就跑了过去,于是,就把躺在他们俩之间的羊羔抢了去。伤势严重的狮子和熊眼睁睁地看着狐狸抢走了羊,却一点办法也没有。他们唉声叹气地说:"我们都错了,我们俩斗得死去活来,让狐狸从中受益了。

这故事正如俗话所说:"鹬蚌相争,渔人得利。"即双方相争反而让第三者得了利。

狐狸和刺猬

一只狐狸渡过湍急的河水时,被冲到了一个深谷中。他遍体鳞伤,在地上躺着一动也不能动。一群饥饿的蚊蝇叮遍了他的全身。这时,一只刺猬走了过来,十分同情他的处境,问需不需要赶开这些叮他的蚊蝇。狐狸回答说:"不用啦,请你不要打扰他们。"刺猬觉得奇怪:"为什么不把他们赶跑呢?"狐狸回答说:"千万不要,你所见到的这些蚊蝇已吸足了我的血,不再叮咬我了。你若帮我赶跑他们,那另一些更饥饿的蚊蝇就会来把我所剩的血吸干。"

这是说,与其忍受两次折磨,不如将一次折磨忍受到底。

狮子和鹰

一只鹰停止了飞行,想让狮子和它成为好朋友,以谋求他们相互的利用。

狮子回答说:"我不反对,但请你原谅我,你必须找一个担保你守信用的保证人。一个可以随时违约飞去的人,我怎么能信任他而和他交为朋友呢?"

这就是说交朋友时一定要经过慎重的考虑。

狮子国王

有一只狮子做了国王,他很善良、随和,与人一样和平、公正。在他的统治下,惩恶扬善,裁决动物之间的纠纷,使所有的动物和睦相处。胆小的兔子说:"我祈祷能得到这样的日子,那时弱者就不怕被强者伤害了。"

这是说,在正义的国家里,一切事情都公正处理,那么弱小者的生活也会平安。

狮子和兔

狮子看见兔子正在睡觉,就想趁机把它吃掉。就在此时,狮子又看见一只鹿从这里走过,就丢下兔子去追赶鹿。兔子听到声响后,马上跳起来逃跑了。狮子使劲追鹿,但是没有追到,于是又回来寻找兔子,却发现兔子早已经逃之夭夭。狮子说:"我真活该!放弃已到手的食物,却贪心去追求那更大的目标。"

这就是说,有些人不满足手中的小利,想去追求更大的目标。结果,不但丢失了手中的小利,而且更大的希望也没追到,只留得两手空空。

狮子和野猪

夏季,炎热的酷暑使人很口渴,狮子和野猪一起来到小泉边喝水。他们都想自己先喝到水,因此,他们彼此争斗得你死我活。当他们喘息时,忽然回过头去,发现有几只秃鹰正在等候,他们知道不管是谁倒下去都会被它们吃掉。因此他们停止了斗争,并说:"我们还是成为好朋友吧,这样总比被秃鹰和乌鸦吃掉好得多。"

这是说,人们不要相互进行无聊的斗争,否则,会给自己带来灾难。

疯狮子与鹿

有一只狮子发疯了。鹿在森林中看着他,于是说:"啊呀,我们太不幸了!他没发疯时我们都受不了他,现在他疯了又会怎么作弄我们呢?"

这个故事告诉大家,即便那些惯于为非作歹的人偶尔得势,可别人都避之不及。

狮子、狐狸与鹿

狮子得病了,他唯有在山洞里睡觉。于是他对关系最好的狐狸说道:"你要是想治好我的病,叫我能活下去,那么就去用巧言令色把森林中最肥的那只鹿引到这里来,我实在太想吃他的血和心脏。"

狐狸来到树林里,看见树林里蹦蹦跳跳的那只大鹿,就向他问好,接着说:"我要告诉你个好消息。你知道吗,国王狮子是我的邻居,他病得非常厉害,几乎快要死了。为此,他正在思考,眼下森林中谁能承袭他的王位。他说野猪愚笨浅薄,熊懒惰无能,豹子残暴凶狠,老虎骄傲自大,唯有您才是国王的最佳人选,鹿的体格健硕,又正值壮年,他的角哪怕蛇见了都畏惧。我为何如此啰嗦呢?你一定能成为国王。我是第一个知道这个消息的,并告诉你的,你应该如何报答我呢?要是你相信我的话,我劝你赶紧为他送终吧!"

听了狐狸这番话,鹿被弄迷糊了,就走进了山洞里,丝毫都没有想防备发生其他的事情。狮子猛然朝鹿扑过来,用爪子撕下了他的耳朵。鹿惊慌失措地逃回树林里去,狐狸费心费力白忙了一场,他两手一拍,表示已经毫无办法了。狮子强忍着饿,后悔起来,非常懊丧。狮子让狐狸再去琢磨计策,用甜言蜜语把鹿再引回来。狐狸说:"你吩咐我的事实在太难办了,可我也要全力去帮助你。"于是,他如同猎狗一样四处去嗅,找寻鹿的踪迹,心里一直在想坏主意。狐狸问牧人们是不是见到一只带血的鹿,他们告诉狐狸,鹿跑进树林里去了。

此刻,鹿正在树林里休息,狐狸恬不知耻地来到他的面前。鹿一看见狐狸,恐惧得毛都竖了起来,说:"你这个坏家伙,你别想再来骗我了!你继续往前走,我就杀死你。你去寻找那些没有经验的人,让他们再去当国王。"狐狸说:"你怎么这么胆小如鼠?你难道开始不相信我,不信任你的朋友吗?狮子抓住你的耳朵,只是临死的他想要告诉你一点关于王位的承袭与指示而已。你却连那衰弱无力的手抓一抓都受不住。现在狮子对你十分气愤,要把王位传给狼。那可是一个坏国王呀!快去吧,无须害怕。我向你起誓,狮子肯定不会伤害你。我以后也会专门伺候你。"狐狸再一次用花言巧语欺骗了那只可怜的鹿,并说服了他。

鹿刚一进洞,就被狮子抓住吃掉了,并把他所有的骨头,脑髓和肚肠都吃得干干净净。狐狸站在旁边看着,等鹿的心脏掉下来时,他悄悄地拿过来,把它当作自己奔波的报酬吃掉了。狮子吃完以后,依旧在寻找鹿的那颗心。狐狸远远地站着说:"鹿哪里有心,你无须再找了。他两次来到狮子家里,送上门叫你吃,怎么还会有心呢!"

这故事是说,有些人贪慕虚荣,不辨真伪,给自己招来灭顶之灾。

富人与哭丧女

从前,有个富人,他有两个女儿,可当中一个死了,商人便请来一些哭丧女为女儿哭丧。另一个女儿对母亲说:"实在太不幸了!我们有丧事,却不清楚如何尽哀,而她们这群毫无瓜葛的人却能如此悲痛欲绝,涕泪横流。"母亲回答道:"好孩子,无须如此大惊小怪,她们这样号啕痛哭,不是因为内心的悲伤,而是为了金钱装出来的。"

这故事讽刺了借别人的不幸来牟取利益的人。

驴子与青蛙

驴子驮着木料从池塘边走过,一时大意跌了一跤,掉进了水里,就放声大哭。池塘里的青蛙听见他的哭声,说道:"喂,朋友,你跌了一跤就如此悲痛欲绝;要是和我们一样长久在这里生活又该怎么办呢?"

这故事是说,有些人没有经受过挫折和失败,一点小小的挫败都不堪忍受。

病人与医生

有个人得病了,医生问他身体如何,他说出汗非常多。医生说:"这不错。"第二次又问他如何,他说浑身发冷,抖得很厉害。医生说:"这也不错。"第三次医生再来询问他的病情时,他说现在腹泻。医生说:"这依旧不错。"病人有一个亲戚来看他,问他如何,他说:"我就因为这些不错而快丢命了。"

这故事是说,阿谀逢迎的人会给人们带来危险。